100日間、あふれるほどの「好き」を教えてくれたきみへ

永良サチ

JN032012

STARTS
スターツ出版株式会社

目次

100日間、あふれるほどの「好き」を教えてくれたきみへ

登場人物紹介

Yuma Sahara

佐《さ》原《はら》悠《ゆう》真《ま》

高校1年生。
どこにいても目立つ男子で、
男女問わず友達が多く、
誰からも好かれるタイプ。
素行がいい生徒ではないけれど、
根は真面目。

Mizuki Kishi

岸《きし》海《み》月《づき》

悠真と同じ高校1年生。
いつも冷静で、
自分の気持ちを表に出せない女の子。
学校ではあまり人とは関わらずに
ひとりでいることが多い。

Mitsuru Sahara

佐《さ》原《はら》三《み》鶴《つる》

中学3年生。悠真の弟。
年齢をごまかしていたりするが、
性格は真面目で頭もいい。
人に流されることはなく、
周りのこともよく見ている。

Minami Kishi

岸《きし》美《み》波《なみ》

海月と同い年の従姉妹。
学校では猫を被っていて、
いい子の自分を演じている。
明るくて友達も多いけれど、
実は繊細な性格。

１００日間、あふれるほどの「好き」を教えてくれたきみへ

私はあの夜のことを
永遠に忘れることなんてないのだろう。
絶望してすがった。
きっともがいていた。
運命にじゃない。
生きたいと思ってしまった自分に。
「海月《みづき》」
名前を呼ばれるたびに、心が揺《ゆ》れた。
けれど、きみと一緒《いっしょ》にはいられない。
なのに、なのに……。

「どう考えてもお前のことが好きなんだよ」

きみはまっすぐだ。涙《なみだ》が出るぐらい。

私の幸せの先にきみがいて、きみの幸せの先に私がいる。

「もう、朝が嫌《きら》いだなんて言わない？」

言わないよ、絶対に。

だってこんなにも
きみと迎《むか》えた今日は、美しい――。

きみと迎えた一回目の朝

べつにきみじゃなくてもよかった。
このむしゃくしゃする気持ちを一瞬《いっしゅん》でも忘れることができれば。
私のことなんて心に留めずに、ただただ、あの夜を一緒に過ごしてくれる人なら、
誰《だれ》でもよかった。

——ブーブーブー。
枕元《まくらもと》でスマホが鳴っていた。
二年以上使っているスマホはことあるごとに不具合を起こす。画面に表示されてる
電池マークも私の心のバロメーターみたいに減るのが早い。
なのに、設定したアラームだけは毎日同じ時間に起動して、私を憂鬱《ゆううつ》な朝へと導く。
ゆっくりとベッドから起こした体は、鉛《なまり》がついているように重かった。
私の部屋はこの家ではいちばん日があたらない場所。夏は蒸し暑く、冬は結露《けつろ》がひ
どいこの部屋を使うようになってから、もうすぐ六年になる。
部屋着から制服に着替《きが》えて、一階のリビングへと向かった。
すでに朝ごはんのいい香りが漂《ただよ》っていたけれど、朝食を食べない私は、いつもみん
なより少し遅《おく》れて下りるようにしている。
——ガチャッ。
建てつけの悪いドアは勢いよく開けなくても音がする。ダイニングテーブルに座っ

ていた三人と目が合い、私は小さく「おはようございます」とつぶやいた。

「おお、海月おはよう」

新聞片手に愛想《あいそ》笑いを浮《う》かべている人は、この家の大黒柱でもある忠彦《ただひこ》さん。

人あたりもよく、この家ではいちばん私に優《やさ》しくしてくれるけれど、婿《むこ》養子なので妻である晴江《はるえ》さんには頭が上がらない。

「あなた、また学校からのプリントを私に見せなかったでしょう」

湯気《ゆげ》が立つお味噌汁《みそしる》を口につけている晴江さんは、私のことを一切見ない。同じ空間にいて会話もするのに、放たれる空気感で私を攻撃《こうげき》してくる感じがすごく〝あの人〟に似ている。

「いいじゃん。お母さん。どうせ私が見せたプリントと内容は同じなんだからさ」

甲高《かんだか》い声でしゃべるこの子は、美波《みなみ》という名前だ。

この家のひとり娘《むすめ》であり、父親よりも母親に媚《こ》びを売っておけば好きな物を買ってもらえるから、晴江さんの前ではつねにいい子でいる。

尻《しり》に敷《し》かれている父と、世間体《せけんてい》ばかりを気にする母に、要領《ようりょう》のいい娘。

そんなどこにでもいるような家族の中で、唯一《ゆいいつ》違和感があるとすれば、家族ではない私が一緒に住んでいることぐらいだ。

「いってきます」

洗面所で身支度《みじたく》を整えたあと、私は誰よりも先に家を出た。

……はあ。空に向けて吐《は》いた息が冷たい風の中に消えていく。

カレンダーが十月になってからずいぶんと気温が下がり、寒がりな私はもうポケットに使い捨てカイロを入れていた。

高校に入学して変わったことは、髪《かみ》の毛を伸《の》ばすようになったことと、体重が二キロ減ったことと、異常なまでに静電気が発生するようになったことと、まだまだたくさんある。

変わったと、自分で認めればいくらだって。

「百十六円になります」

立ち寄ったコンビニでホットレモンを買うのが最近の日課になっている。

手軽にレモン二個分のビタミンCが補給できるという説明がラベルに書いてあるけれど、体が温まればなんだっていい。

私はお財布から小銭を出してトレーにのせた。はじめのうちはレジ袋《ぶくろ》が必要かどうかをたずねられたけれど、対応してくれる店員はいつも同じだから最近は聞かれなくなった。

「あ、あの、いつも買いにきますよね！　うまいですよね！　ホットレモン」

「えっと、その」

「……」

名前は？　年は？　学校はどこ？　聞かれることは大体決まっている。

私は他人に興味がないというのに、なぜか周りから興味を持たれることが多い。こんなにも無愛想で、もらったレシートだってすぐに丸めて捨ててしまう人間なのに。

面倒《めんどう》くさい。顔を覚えられるのも、声をかけられるのも、いつも買いにきますよねって観察《かんさつ》されるのも、なにもかもが面倒くさい。

私は店員の言葉を無視して、そのままコンビニを出た。すぐに冷えていく指先を温めるためにホットレモンを握《にぎ》りしめる。

そういえば、〝あの日〟もこの道だった。

雨が降るなんて予報は出ていなかったのに、私の気持ちを反映するように前触れもなく降ってきて。

濡《ぬ》れていく洋服は冷たかったけれど、そんなのどうでもいいくらい思考がぐちゃぐちゃで。

たぶん、きっと、あんなにも神様を恨《うら》んだことはなかった。

なんで私なの？　なんで私ばっかりって何度も心で叫《さけ》んでいた。

でも、もっと不幸なのは、そんな私に偶然《ぐうぜん》出会ってしまったあいつかもしれない。

甘《あま》えることも頼《たよ》ることもしてこなかった人生だったのに、あの日だけはダメだった。

すがるようにして吐き出した言葉を、私は今も後悔《こうかい》している。

『ねえ、朝まで一緒にいてよ』


——キーンコーンカーンコーン。

教室にチャイムが鳴り響《ひび》くと、騒《さわ》がしかった生徒たちの声がやんで、みんないっせいに自分の席へと移動する。

「じゃあ、出欠取るぞ。安西《あんざい》、伊東《いとう》、上野《うえの》」

次々と名前が呼ばれていく中で、私は頬杖《ほおづえ》をつきながら外の景色をぼんやりと眺《なが》めていた。

くるくると、北風に乗って枯《か》れ葉が舞《ま》っている。

……たしか今日は体育があるんだっけ。しかもマラソン大会に向けての練習。

どうやってサボろうかな。養護《ようご》の先生は嘘《うそ》に目ざといし、人目につかない屋上はフェンスが壊《こわ》れたという理由で、二学期から出入り禁止になってしまったのだ。と、なると……。

「岸《きし》」

担任から名前を呼ばれて返事をしようと思ったら、「すまん、美波のほう」と慌《あわ》てて訂正《ていせい》された。

「あはは、もう。このパターン何回目ですか？」

静かだった教室が一気に明るいものになり、その中心には美波がいる。友達や先生に好かれている彼女《かのじょ》はいつも華《はな》やかで、みんなからの視線を簡単に集めてしまう。

「はい。じゃあ、岸。次は海月のほうな」

なんだかカンにさわる言い方だと思いながらも、私は小さな声で返事をした。

岸美波と岸海月。同じ家に住み、一応血縁《けつえん》関係はあるけれど、クラスメイトたちはその事実を知らない。

『私たちは他人だからね。同じ家に住んでるなんて、誰かにしゃべったら絶対に許さないから』

そう美波に忠告されたのは、高校に入学する春のこと。もちろん自分から言うつもりはなかったし、なぜか先生も公《おおやけ》にはしていない。うちの複雑な家庭環境《かんきょう》に配慮《はいりょ》してくれているのか、それとも私に忠告したように美波が先生に言わないでほしいと頼《たの》んだのかはわからない。でも、どっちにしたってあれこれと詮索《せんさく》されるのはうっとうしいし、なにより私たちが従姉妹だということはバレないほうがいいに決まっている。

……私は誰の足かせにもなりたくない。

私が彼女と形だけの家族になったのは、今から六年前のことだ。

当時十歳《さい》だった私は自分の着替えだけが入ったリュックとお気に入りだったウサギのぬいぐるみを握りしめて、母の妹である晴江さんの家の前に立っていた。あれは、ざあざあと降りしきる雨の日。

インターホンを押《お》したあと、対応してくれた晴江さんに私は挨拶《あいさつ》もしないで、ただ母から預かった手紙を渡《わた》した。

【この子をよろしくお願いします】

母からの手紙は、たったの一行だった。

幼い頃《ころ》に両親は離婚《りこん》していて、私はずっと母とふたりで暮らしていた。はっきり言えば母も父もだらしのない人だった。定職につかずギャンブルばかりしていた父への不満をこぼしていた母も、彼氏と思われる人とよく会っていた。私も紹介されたことがあったけれど、その相手は見るたびに変わっていた。

そんな生活が続くわけもなく離婚してからは、私のことが邪魔になったみたいに、母の視界に映る機会が減った。

子どもがいなければいいのにと、私のことを負担に思っていたことは幼いながらに気づいていたし、戸籍上《こせきじょう》では親子だけど私は母から愛情を感じたことはなかった。

『これを持って晴江おばさんのところに行きなさい』

あの日、唐突《とうとつ》に渡されたのはすでに用意されていたリュックとバス代と、白色の封《ふう》筒《とう》に入れられた手紙だけ。

私のことを捨てた母が今どこにいるのか、それは誰も知らない。生きているのかも、わからない。

でも正直、私はあまり興味がない。

今となってはいつもイライラしていた人という記憶しかなくて、母親だと思ったことは一度もなかったから。

「ねえ、美波。今日三年の先輩《せんぱい》に美波の連絡先《れんらくさき》知りたいって言われたよ。本当にモテすぎ。これで何人目よ？」

ホームルームが終わった教室はまた一気にうるさくなった。自分から席を立たなくても美波の周りには人が集まってくる。

「えー、数えてないよ」

美波はモテる。いや、モテるために自分をかわいく見せる方法をわかっていると言ったほうが正しいかもしれない。

家でもつねにスマホは手放さないし、メッセージアプリの通知もひっきりなしに届く。

スマホを目覚まし時計としか思ってない私とは大違《おおちが》いだ。

「ねえ、岸さん。こっち見てるよ」

美波を取り巻いている女子に見つかってしまい、私は慌てて視線を逸《そ》らした。

「美波と友達になりたいんじゃない？」

「同じ名字だから親近感湧《わ》いてたりして？」

「はは、超勘違《ちょうかんちが》い。ってか、美波と同じ名字とか運がないよね。地味な佐藤《さとう》さんと一緒だったら比較《ひかく》されることもないのに」

私たちが従姉妹だと夢にも思っていないクラスメイトから嫌《いや》なことを言われるのはいつものことだ。

先生は事情を知ってるはずなのに、なんで同じクラスに入れたんだろう。普通《ふつう》、身内は別々にするもんなんじゃないの？

それとも親に捨てられて、従姉妹の家に居候《いそうろう》してる私がかわいそうとでも思ったのだろうか。

「みんな言いすぎだよー。私、べつに岸さん嫌いじゃないよ？」

友達をなだめるように、いい子ぶりっこな美波がフォローしていた。

嘘つき。誰よりも私のことが嫌いなくせに。

最近は、いろいろと苛立《いらだ》つことが増えた。

前はもっと無気力で、周りのことも自分のこともどうでもよかったのに、毎日火がついたようにイライラしてしまう。

それはまるであの頃の母のようで、自分自身にもムカついている。

このまま教室にいたら机でも投げつけてしまいそうになった私は、一限目《いちげんめ》のチャイムが鳴る前に廊下《ろうか》に出た。

向かったのは東棟《ひがしとう》のいちばん端《はし》にある非常階段だった。

この場所は外へとつながっていて、めったに人が来ることはない。裏庭の草木は伸び放題で、いつからあるのかわからない焼却炉《しょうきゃくろ》なんて錆《さび》のかたまりになっている。

そんな荒《あ》れた裏庭を見つめながら、踊《おど》り場《ば》の手すりをつかんだ。

あの家に住むようになってから六年。月日にすれば長いけれど、私にとってはあっという間だった。

人の性格は育った環境で決まる、なんて言うけれど、私の場合はきっと母と過ごした十歳までに完成してしまった。

同じ屋根の下にいても会話なんてなく、母は私を置いて男に会いにいく。テーブルに用意されているカップラーメンをすすり、電気もつけずにひとりで膝《ひざ》を抱《かか》えた夜は数えきれない。

寂《さび》しいと思えば思うほど寂しさが増し、孤独《こどく》だと思えば思うほど明かりがついている家がうらやましかった。

だから私は、そうやって思うこともやめた。

しゃべらなくても平気だし、ひとりでいても寂しさなんて感じない。

そんな愛嬌《あいきょう》の欠片《かけら》もない私を晴江さんや忠彦さんがかわいがれないのは当たり前で。

私との関係を隠《かく》したいという美波の反応も、当然だと思っている。

……はあ。このまま授業をサボってしまおう。ついでに二限目の体育もここで。

私ってなにしに学校に来てるのかな。その前に……学校なんて来る意味はあるんだろうか。だって私は――。

――キィィ……。

と、その時。非常階段の扉《とびら》がゆっくりと開いた。見回りの先生だと思って身構えていると……。

「よう」

そこにいたのは同級生の佐原悠真《さはらゆうま》だった。

着くずした制服の下にパーカーを着ていて、上履《うわば》きはかかとをつぶしてだらしなく履いている。

風で揺れる髪の毛はほんのりと茶色くて、右耳にはキラリと光るピアスがひとつ着いていた。

細身だけどタッパがあり、彼《かれ》は学校のどこにいても目立つ。それでいてひとりでいるところを見たことがないほど、いつも大勢の友達と一緒にいる。

佐原と目が合ったけれど私は挨拶をし返すこともなく、再び裏庭の景色に視線を戻《もど》した。

「おいおい、シカトかよ」

無視されているとわかっているのに、彼は隣《となり》にやってきた。同時にふわりと甘い匂《にお》いがして私は目を細める。

嗅覚《きゅうかく》は鮮明《せんめい》に記憶《きおく》を連れてくる。この匂いはあの日も嗅《か》いだ。

頭が妙《みょう》にクラクラするのはこの甘い匂いだけが原因じゃなく、佐原が異常なほど優しかったあの時のことを私は一瞬で思い出してしまった。

「授業サボり？　教科なに？」

「……………」

「つーかここ寒くね？　中に入ろうぜ。サボれるところならほかに知ってる――」

「なんか用なの？」

彼の声を遮《さえぎ》って、ため息を吐いた。

「これから会話のキャッチボールしようとしてんのに露骨に拒否《きょひ》んなよ」

佐原は誰にでもこう。

いつも軽口ばっかりでチャラチャラしている。女の子の扱《あつか》いにも慣れていそうだし、上級生からも『悠真ー』って、猫《ねこ》なで声で話しかけられているのをよく見かける。

だから、だから、私はちょうどいいと思ったんだ。

遊んでる人だから、どうせ上っ調子のバカだから、軽く受け入れてくれるだろうと。

『なんか誘《さそ》われてひと晩一緒に過ごしたんだよね』って、友達に言いながら私のことを笑ってくれたらよかったのに、佐原はあの夜のことを誰にも言わない。

それどころかなんにもなかったかのように、こうして私を見かければ声をかけてくる。

「海月って色白いよな。白さを通り越《こ》して透明《とうめい》って感じ?」

「……名前で呼んでいいなんて言った?」

「前に呼んでいい?って聞いたらなにも言わなかったじゃん。俺、無言はイエスって意味だと思ってるから」

やっぱり佐原はバカだ。けれど、チャラついていても遊び人じゃなかったことはもう知っている。

「忘れてくれない? あの日のこと」

もう一度言う。彼を誘ったのは遊んでいる人だと思ったから。

――『ねえ、朝まで一緒にいてよ』

そう言って誘ったあと駅前のホテルに入って、雨で濡れた体なんて関係なくベッドに入った。

過去になんとなく言い寄られて付き合った人はいたし、人並みには経験していた。

こんなふうに親しくもない佐原の手を引いて、むしゃくしゃしていた気持ちをどうにか静めようとしている自分自身に驚《おどろ》きながらも、それしか方法が思いつかなかった。

佐原は私を受け入れなかった。

『俺、そういう経験ないから』って、遊び慣れていると思っていた彼がまっすぐに言ってきて。なにもできない代わりに隣で寝《ね》ようと、佐原は甘い匂いをまとわせた大きな体で私のことを包んだ。

誘ったのは自分なのに、子どもみたいに固まってしまったことが恥《は》ずかしくて。佐原は心を見すかしたみたいに、大丈夫《だいじょうぶ》？って何度も聞いてきた。

私の背中をさすりながら、しつこいぐらいに。

私は声を出さなかった。なにかを言えば、押し込《こ》めていたものが漏《も》れ出てしまう気がしていた。

彼は気づかう言葉はかけても、私のことはなにひとつ聞かなかった。

私との接点なんてなにもなくて、たまに廊下ですれ違うだけの同級生だったはずなのに、佐原はひと晩中、雨で濡れた私の体を温めるように抱《だ》きしめてくれた。

それがあまりに優しすぎたから、そんな彼を利用しようとしてしまった自分のことがひどく嫌になった。

もっと軽いヤツならよかったのに。もっとおもしろおかしく周りに言いふらすようなヤツならよかったのに。

「お願いだから、忘れてよ」

私は繰《く》り返すように言った。

「忘れねーよ。つか、忘れられるか」

佐原は不機嫌《ふきげん》に頭をガシガシとかいた。

あの日を境にこうして話しかけてくるのは、きっと気にかけてくれてるんだと思う。

でも、私は気にしてほしくなんかない。

私が弱さを隠せなかったのは、あの日の夜だけ。それからはいつもどおりの冷静な自分だし、今だって簡単に彼を突《つ》きはなせる。

だから忘れてくれなきゃ、私が困る。

「なあ、ひとつ聞きたいんだけど」

「……なに？」

「なんであの雨の中で、泣いてたの？」

「なんの話？」

「泣いてただろ。あの時」

「泣いてない。雨でそう見えただけじゃない？」

未練、執念《しゅうねん》、疑念。そんなものがたくさん入り交じって自分でも説明できない感情はある。でも、やっぱり私は泣きたい時に泣けるような性格はしていない。

「じゃあ、認めなくていいから、これからもお前のことを海月って呼んでいい？」

その真剣《しんけん》なまなざしを横目で見つつ、私はそっぽを向いた。

「勝手に呼べば」

呼び方なんてどうでもいい。そもそも拒否したって佐原はおかまいなしに明日も私の名前を呼んでくるに違いない。

佐原が妙に静かになった気がして、隣に目を向けた。

佐原は手すりに寄りかかりながら、うれしそうに口元を覆《おお》っていた。

見なきゃ、よかった。

こんなのはただの気まぐれなんだから、そんな顔しないでよ。

懐《なつ》かれたら迷惑《めいわく》だなって考えてる私のことなんて、やっぱりすぐに忘れてほしい。

授業が終わった放課後。クラスメイトたちが笑顔で帰っていく中で、私は下駄箱《げたばこ》前の混雑を避《さ》けるためにあえてゆっくり帰り支度をしていた。

すると、めずらしくアラーム以外でスマホが鳴った。確認するためにポケットから取り出すと、メッセージは佐原からだった。

【これからカラオケ行くんだけど、一緒にどう?】

実はあのあと連絡先を聞かれて何度も断ったけれど、あまりのしつこさに思わず教えてしまったのだ。

どうせやり取りなんてしないと思っていたのに、【ちゃんと登録した?】【電話とかかけていい時間ある?】【つーか数学ダルすぎ。そっちの授業はなに?】と次々メッセージが届き、今もこうして送ってきた。

カラオケって、行くわけないでしょと、心で思いながら私は返事をしないでスマホをしまった。

校舎を出ると頬を撫でる風が冷たくて、私は制服の袖《そで》の中に手を引っ込めて指先まで隠した。

春夏秋冬の中で、私は冬がいちばん嫌いだ。

『これを持って晴江おばさんのところに行きなさい』

そう言われたのも冬だったから。

なのに、今年は数十年ぶりの厳冬《げんとう》になるなんていわれていて、私の住む地域ではめずらしく雪まで降るかもしれない、とニュースでやっていた気がする。

そんなことを考えながら歩いていたらいつもより早く家に着いた。脱《ぬ》いだローファーを綺麗《きれい》にそろえて自分の部屋に向かうと、制服がシワになることも気にしないでベッドに横たわった。

「はあ……」

体育もサボったし、ほかの授業だってほとんど机に顔を伏《ふ》せていたというのに、最近はすぐに体が疲《つか》れてしまう。

スマホの時計を確認すると、バイトの時間まで、あと四十分くらいだった。

……今日は中途半端《ちゅうとはんぱ》だな。いつもは学校帰りにそのまま向かうことが多いけれど、たまに遅いシフトの時もあって、そういう時には制服から私服に着替えて行くようにしている。

ああ、このまま横になってたら寝てしまいそうだ。

重たくなっていくまぶたと格闘《かくとう》してるうちに、だいぶ時間が過ぎていたようで、私は慌ててバイトに行く準備をした。

急いで部屋のドアを開けると、ちょうど階段をのぼってきた美波と鉢合《はちあ》わせしてしまい、先に目を逸らしたのは私のほうだった。

「あんたさ、いつもドアの音がうるさいんだけど。開け閉めするだけで響くんだから周りの迷惑も考えてよ」

たしかに今は少し乱暴だったかもしれないけれど、美波が大音量で流してる音楽のほうがよっぽどうるさいし、毎晩私の部屋まで響いてくる。

「あと、教室で私のことを見るのもやめて。あんたとのことがバレたらどうしてくれんの?」

彼女は私が視界に入るだけで不快感をむき出しにする。

これでも居候としていろいろと気を使ってるつもりだし、遠慮もしている。でも突然一緒に暮らすことになって私以上に戸惑《とまど》っていたのは美波だった。

同い年で性格も真逆。どう考えても噛《か》み合うことがない私たちは六年間ずっとこうしてギスギスしている。

「大丈夫だよ。私、春にはいなくなるから」

「は? なにそれどういう意味って……ちょっと!」

私は美波の言葉を最後まで聞かずに家を出た。

外の気温は学校から帰ってきた時よりもひんやりしていた。クローゼットから引っぱり出してきたカビくさいマフラーを首元まで上げる。

「うわ、あの人色白い!」

「ってか細っ! いいなあ。うらやましい」

すれ違った他校の学生たちが私のことを見て振《ふ》り返っていた。

そうやって私を視界の中にとらえても、前を向けばすぐ違う話題になる。学校の人たちだってそう。

ひとりでいる私を腫《は》れ物《もの》みたいに扱って噂《うわさ》しても、授業をサボったり早退したところで心配したりはしない。

だから、私が突然いなくなっても誰も気にしないし、忠彦さんや晴江さんや美波は厄介者《やっかいもの》がいなくなったとせいせいするかもしれない。

寂しくはない。

ただ、なんで私は生まれてきたんだろうって、ちょっと神様を恨みたくなるだけ。

バイト先は駅からも住宅街からも離《はな》れた静かな西通《にしどお》りにあるそば屋さん。

老夫婦が営んでいる二十席くらいの店で、訪れる人はほとんど常連客か近所に住んでいる人たちだけだ。

裏口はないので、私は客と同じように暖簾《のれん》をくぐって引き戸を開けた。

「いらっしゃいませ」

テーブルの上を片づけていた清子《せいこ》さんと目が合い、私は「おはようございます」と挨拶をした。

「あら、海月ちゃん。今日もよろしくね」

六十代半ばの清子さんは、とても元気で笑顔がかわいい人。

「海月ちゃん、洗い物がたまってるからよろしく」と、厨房《ちゅうぼう》から顔を出したのはこの亭主《ていしゅ》であり、清子さんの夫でもある将之《まさゆき》さん。店のメニューはすべて将之さんが作っていて、頑固者《がんこもの》だと評判だけど私にはいつも優しく接してくれる。

店の奥《おく》にあるロッカーへと向かい、カバンとマフラーと上着を入れたあと、紺色《こんいろ》のエプロンをすばやくつけた。

ここで働きはじめたのは高校に入学してすぐのことで、もうすぐ半年になる。

時給は駅前のファミレスより安いけれど、人が多い場所は苦手だし、コミュニケーションを取るのも苦手だから、静かに営業してるこの店でバイトできたことはラッキーだと思っている。

ふたりは人と話すのが得意じゃない私の性格をわかってくれているから、無理に接客はさせないし、お皿を洗ってくれるだけで助かると言ってくれる。

居心地はいいし、まかないで出してくれるそばもおいしいから、できればずっと働きたいと思ってたけれど、先日年内でやめさせてくださいとお願いした。

『勉強が忙《いそが》しいの？』と、清子さんに聞かれたけれど、私は詳《くわ》しい理由を言わなかった。

あと三カ月。ううん、もっと短いかもしれない。

実感も心残りもなにひとつないけれど、宣告された時の衝撃《しょうげき》を思い出すと、息がうまく吸えなくなる。

「顔色悪いですね」

洗い物をしていたら、気配もなく後ろから声をかけられた。

「これお願いします。今日はめずらしく、これから団体が来るらしいですよ。ほら、たまに来る酔《よ》っぱらいのおじさん。あの人が部下を引きつれてくるとかなんとか」

物静かなのに淡々《たんたん》としゃべるこの男の子は、最近アルバイトで入ってきた。

たしか三鶴《みつる》という名前。人の名前を覚えるのは得意じゃないけれど、縁起がよさそうな名前だったから印象に残っていた。

三鶴くんとはロッカールームで入れ違いになったことは何回かあったけれど、こうして同じ時間帯で顔を合わせたのははじめてだ。

「岸さんって年内でやめるんですよね？　暇《ひま》そうだから面接受けたんですけど、けっこう仕事きつかったりしますか？」

前髪は目が隠れるくらい長いし、いつもイヤホンで音楽を聴いているから勝手に私と同じで会話が苦手な人だと思っていたのに、どうやら違うらしい。

「……きつくないよ。みんな優しいし」

私は小さな声で、ぼそりと答えた。

「岸さんって高校生ですよね？　なに中出身ですか？」

「……北」

「北ってけっこうガラ悪くなかったです？　俺、南中なんですけど極力近づかないようにしてますよ」

ん？　なんか今ものすごく引っかかった言葉があった。……南中？

「え、三鶴くんって中学生？」

「はい。年ごまかして面接受けたんで、内緒にしてください」

そんなにあっさりと私に秘密を打ち明けてしまっていいのだろうか。中学生と言われると、たしかにあどけない顔をしてる気もする。

「だますのは悪いなって思ってますけど、ゲームとかいろいろ欲しいものが多くて。うち、こづかい制なんで」

三鶴くんのお金事情を聞いたところで、「注文お願い」と清子さんが彼のことを呼びにきた。持ち場へと戻っていく三鶴くんの背中を唖然とした気持ちで見つめる。

……あんなにペラペラとしゃべる人だと思わなかった。

そういえば、中学生って法律で働いてはいけない決まりになってなかったっけ。

それって年齢をごまかしている三鶴くんが悪いんじゃなくて、やとっている将之さんたちが責められたりするのかな。

優しい人たちだから迷惑はかけてほしくないけれど、事を荒立《あらだ》てるつもりもないので、さっきの話は聞かなかったことにしようと思った。

「海月ちゃん、お疲れさま。気をつけて帰ってね」

「はい。お疲れさまでした」

バイトが終わって清子さんに見送られたのは午後九時だった。

将之さんから晩ごはんになにか食べていっていいよと言われたけれど、大丈夫ですと断った。昼食もろくにとってないのに全然お腹《なか》がすいてない。

日に日に体重は減っていくし、冷たい風を吸い込むと肺《はい》が痛くなるけれど、星が綺麗だなと見上げる余裕《よゆう》はまだある。

……あの、星座はなんだっけ。

カシオペア座？　ペルセウス座？　小学生の頃に習ったはずなのに、すっかり忘れてしまっていた。

――ブーブー。

と、その時。ポケットの中のスマホが震えた。

【着信　佐原】と表示されている電話を私はじっと凝視《ぎょうし》した。

なかなか切れない電話をこっちから切ってやろうと思った頃に着信がようやく止ま

り、代わりにメッセージが送られてきた。

【今家？】

家かどうかなんて、佐原になんの関係があるんだろうか。無視しようとスマホをポケットに入れかけると二通目のメッセージが届いた。

【シカトしたらまた電話するぞ】

……こわ。ストーカー？

どこかで見られてる気がして後ろを振り返ったけれど、いたのは自転車に乗ったおじさんだけだった。

【なんか用？】

電話がかかってくる前に短く文章を打って返した。

【俺、今駅前にいるんだけど、出てこない？　ロータリーの噴水《ふんすい》のところにいる】

危ない。少し遠回りして帰ろうと駅前に行くところだった。

【行かない。寝るから】

素《そ》っ気《け》なく返事をすると、そのあと佐原からのメッセージはこなかった。

ああ、頭が痛い。熱っぽい。

これは風邪《かぜ》をひいたわけでも、寒さのせいでもない。私はまっすぐ家に帰りたくなくて、名前もわからない星座を見ながらカメのようにゆっくり歩いた。

＊＊＊

べつに俺じゃなくてもよかったんだと思う。

たまたま。タイミング的に。

あの夜を過ごした理由は、そんなちっぽけなものだったのかもしれない。

でも、俺でよかった。

誰でもよかったんだとしても、ほかのヤツじゃなくてよかった。


駅のロータリーは夜のほうが騒がしい。コンビニもあるし、バッティングセンターもすぐそばだし、カラオケとゲーセンがくっついているレジャー施設《しせつ》は目と鼻の先。

同じクラスの友達と喉が枯れるほど歌いまくって、ドリンクバーを何回往復したっけってぐらいあれこれと飲んだのに、まだ誰ひとりとして帰る気配はない。

そして、俺もスマホを見ながら噴水の周りを囲んでいる石段に腰《こし》かけていた。

【行かない。寝るから】

無愛想なメッセージを眺めて、深いため息を吐く。

岸海月をひと言で表すなら、媚びない女。

自分をよく見せようと声色を変える女子たちとは違い、あいつは誰に対しても冷めている。

だけど人とぶつかれば謝《あやま》るし、自分の下駄箱の前に嫌がらせのゴミが置いてあっても捨てにいくし、先生の頼みごとも断らない。まあ、全部不機嫌そうにしてるけど。

きっと海月に友達はいない。

いつもひとりでいるし、ひとりでも平気って顔で廊下を歩いている。

そんなあいつを目で追うようになったのは、いつからだっけ。

たぶん、大きなきっかけはなかった。すれ違った時にけっこういい匂いがするなとか、長くて艶《つや》のある黒髪を耳にかける仕草がいいなとか、よく見たらわりと美人じゃね？　とか、その程度。

性格を語れるほどの仲じゃないけれど、裏表はなさそうだし、遠慮なく体に触《さわ》ってくるヤツらに比べたらよっぽど品があるのに、この気持ちを誰かと共有したことはない。

俺の友達も〝岸〟といえばかわいいと評判の美波のほうを真っ先に思い出すし、海月っていう名前の女子なんていたっけ？と聞かれるくらい同級生の中では影《かげ》が薄《うす》い。

なのに、一部の女子から『しゃべんなくて薄気味悪い』なんて悪口を言われているのを何度か聞いたことがある。

いやいや、お前らの赤いリップのほうが薄気味悪くね？　爪《つめ》とか凶器《きょうき》かよってぐらい長いヤツもいるし、うざいキモいとけなしながらも悪口のネタを探《さが》すように海月を観察している心理が俺には理解できない。

「ねえ、悠真もこれからバッティングセンターに行くでしょ？」

俺の隣に座って体を寄せてきたのはクラスメイトの女子だった。呼んでない人まで合流してるのはいつものことで、みんなロータリーから移動を始めるようだ。

「ってか絶対ついてくるだろ。あれ」

視線の先には交番の前で俺らのことを見張っている警察官がいた。高校生は午後十一時から補導できるらしく、帰る気配のない俺たちに目を光らせている。

「えー関係ないっしょ。べつに親に連絡されても平気だし」

夜遊びしてる連中は基本的に反抗《はんこう》してるヤツばかりだから、甘やかされているというより、見放されている人たちのほうが多い。

「悠真が来ないとつまんないよ。一緒に行こうよ」

女子はそう言って、ぎゅっと俺の腕《うで》に手を絡《から》めてきた。

カラオケにいた時は機嫌がよかった俺も今は虫の居所《いどころ》が悪い。

だって、電話をしても無視されるし、返事が来たかと思えば【なんか用？】と軽くあしらわれる。

今どんなことをしてるか知りたいだけの連絡はダメなのかよ。

なんなんだよ、もう寝るって。少しは会話ぐらいしろよ。

「──ちょっと悠真、聞いてる？」

上《うわ》の空《そら》でいる俺に対して、女子は不満そうに頬を膨らませていた。

「ああ、聞いてる。聞いてるけど今は少し黙《だま》ってて」

「えーなにそれ。ひどくない？」

海月がこうやってわかりやすかったら楽だったのに。

自分で言うのもおかしいけれど、今まで女に困ったことは一度もない。かわいい子は自分から声をかけなくても寄ってきたし、ふたりで遊びにいったり、関係を深めたりすることもたやすかった。

そんな中で気が合う女子とは付き合ったこともあるし、もてあそんでやろうなんて考えはみじんもなくて、普通に健全な付き合い方はしていたと思う。

でもデートをしたり、楽しく遊んだりすることはできても、触《ふ》れたいと思ったことはなぜか一度もなかった。

あの日、海月に遭遇《そうぐう》したのは本当に偶然で、男友達の家に漫画《まんが》を借りにいった帰り道だった。

雨の中、傘《かさ》も差さずに濡れているヤツがいて。絶対にヤバいだろって。目とか合わせないほうがいいなって、漠然《ばくぜん》と通り過ぎようとしていた俺は、やっぱり彼女に目を奪《うば》われてしまった。

海月の顔は青白くて、まるで魂が抜《ぬ》けたみたいにフラフラしてたから、普通に慌てた。

俺が一方的に気になってただけで話したことなんてなかったのに、『なにやってんの？』って自然と自分の傘を傾《かたむ》けていた。

海月はとくに驚いた様子もなく、誰だろうと不思議がることもなかったから、たぶん俺のことを同級生だと認識はしていたと思う。

『と、とりあえず屋根があるところに……いや、その前になにか拭《ふ》くもの──』と、テンパる俺に彼女は小さくつぶやいた。

『ねえ、朝まで一緒にいてよ』

その言葉と同時に重なり合った海月の瞳《ひとみ》は濡れていた。雨、というより俺にはそれが泣いているように見えた。

いつも学校では孤高《ここう》を保っているのに、不安定さをあらわにした彼女はひどく怯《おび》えていて、すがるような表情をしていた。

そんな海月を放っておくことなんてできるはずがなくて、気づけば俺たちはホテルに入っていた。

主導権は完全に海月のほうにあった。

このホテルを使ったことがあったのか、それともこういう場所に慣れていたのかはわからない。でも彼女は前髪からしたたり落ちる雨の滴《しずく》も気にせずに、空室になっていた部屋のボタンを押した。

部屋番号が書かれた鍵《かぎ》を海月が握りしめて、本物か偽物《にせもの》かわからないシャンデリアがついたエレベーターを使ったあと、俺たちは薄ピンク色の部屋に入った。

勝手にオートロックがかかる扉が閉じる頃には、海月とふたりきりの空間ができていた。

きっと俺の心臓は十六年間生きてきた中で、いちばんうるさかったと思う。

二十四時間営業のネットカフェもファミレスも駅前にはあった。でも海月はなにかを埋《う》めるように、この場所を選んだ。

ホテルのシステムも、怪《あや》しげに光る自販機《じはんき》も、ゲームのコマンドかってぐらい壁《かべ》に数多くあるボタンも、俺はどう扱っていいのかなにひとつわからなかった。

でも、今の彼女をひとりにしてはいけないということだけは確かだった。

海月は雨で濡れた体も拭かずにベッドに入って、俺は誘導《ゆうどう》されるようにゆっくりと手を引かれた。

近くで見る彼女は、思っていた以上に美人だった。同級生の女子とは比べ物にならないくらいの魅力《みりょく》があって、誰に対しても触りたいと思ったことなんてなかったのに、俺は海月に触れたいと思った。

きっと、体を重ねることは簡単だった。もしかしたら、海月はそれを望んでいたのかもしれない。

でも俺はなにもしないで、ただただ壊れそうな彼女を抱きしめた。

俺の腕にすっぽりと覆われてしまうほど、海月の体は細くて体温も冷たかった。どうにか温めたくて、俺は『大丈夫？』としきりに聞きながらその背中を夜通しさすった。

そんなことしか、俺にはできなかった。

俺よりもはるかに頭がいいはずの彼女が、無計画にこんなことをするなんて普通じゃない。

直感で、なにかあったんだと思った。

雨の中をおぼつかない足取りで、偶然出会った同級生にすがらなければいけないほどの理由が。

だけど俺はなにも聞かなかった。いや、聞けなかったと言ったほうが正しいかもしれない。

この場限りの雰囲気《ふんいき》で、彼女のことをわかったようなふりをすることだけはどうしても嫌だった。

きっと海月にとって、ひと晩だけ一緒にいてくれるのなら誰でもよかったのかもしれない。だから俺たちが今一緒にいるのは、たまたまタイミングが合っただけのこと。

それでも俺は、なんとか海月の役に立ちたかった。

濡れていた髪の毛や洋服が乾《かわ》く頃には、夜が明けていた。ふと、気づくと海月は俺の腕の中にはいなくて、物思いにふけるように天井を見つめていた。

抱きしめて一緒に眠《ねむ》っただけで、彼女の気持ちが満たされたかはわからない。でも不安定な瞳をした海月はすでに消えていて、その代わりに……。

『ありがとう』

薄く開いた口の端を少しだけ上げて、浅く切なく、海月は俺にそう言った。

自分の中でなにかがはじけた。

腕に残る海月の感触《かんしょく》や匂いはまだこんなにも近くにあるのに、ありがとうなんて、最後の別れみたいな寂しい言葉を口にするから、絶対になにがなんでも関わってやろうと思った。

嫌われても、迷惑がられても関わってやる。俺は勝手に、そう決めていた――。

カラオケに行った翌朝、枕元でスマホが鳴っていた。ぼんやりとした目つきで確認すると、友達からの電話だった。

出なくても用がないことはわかっている。しつこいほど鳴り続けている着信を強制的に切って、カーテンの隙間《すきま》から漏れてる朝日を遮断するように布団をかぶった。

……ああ、眠い。学校面倒くさい。

昨日はあれからバッティングセンターには行かずに、俺だけが家に帰った。

冷蔵庫にあった自分のぶんの晩めしをレンチンして食べたあと、すばやくシャワーを浴びて早めに寝るつもりだったのに、あの日のことを考えるとなかなか思うように寝つけなかった。

なのに、あいつは簡単に『忘れて』とか言う。

誰が忘れてやるかっての。だって、忘れたらなかったことになる。

あの、濡れた瞳の理由さえ俺は探れない。

「兄ちゃん、朝」

ひとりで悶々《もんもん》としていたら、気配もなく思いきり布団を剥《は》ぎ取られた。

足の踏《ふ》み場がないほど散らかっている部屋に侵入《しんにゅう》してきたのは、一歳下の弟だった。

弟は俺と違って朝に強い。いくら夜ふかししても時間だけはきっちりと守り、部活の朝練にも参加するほど真面目な性格だ。

ゲームばっかりやっているくせに無駄《むだ》に頭がよくて、テストも怖《こわ》いくらい満点を取ってくる。きっと俺の頭脳《ずのう》は全部弟に持っていかれたんだと思う。

「つーか、その起こし方やめろ」

弟は涼《すず》しい顔をして俺の体を足で踏んでいた。

制服も着くずさないくせに、俺のことはけっこう雑に扱う。力で負ける気はしないけれど、兄弟喧嘩《げんか》は好きじゃないからあんまりしたことはない。

「五回も声かけてんのに起きない兄ちゃんが悪いでしょ」

「そんなにかけられてねーし。つか、あと一時間寝るからほっといて」

「やめたほうがいいよ。今日機嫌悪いから」

「悪いって誰が……」

聞き返したタイミングで、勢いよく母さんが部屋に入ってきた。

「こら悠真っ！　さっさと支度して朝ごはん食べちゃいなさい!!」

たしかに機嫌が悪い。占《うらな》いの結果でも悪かったんだろうか。うちの家で母さんは絶対的な存在だから誰も逆らわないと決めている。

うちの家族は全員で四人。

サラリーマンの親父と、パートと主婦を両立させている母さんと中学三年の弟と俺。

家はこぢんまりとした庭がある一戸建て。

親父はゴミ袋を持たされて家を出て、弟は井戸端会議《いどばた》をしてる近所のおばさんたちにつかまり、母さんはキッチンとリビングを行ったり来たりしながら大忙し。

これがいつもの光景であり、俺の日常的な朝。

【昨日、ポリに捕《つか》まったw】

トーストをかじりながらスマホを確認すると、昨日遊んでいた友達からメッセージがきていた。

やっぱりか。夜遊びしてる顔ぶれは一緒だからつねに目をつけられている。早く帰ってよかったと思いつつ、もっと酔っぱらいとか無灯火の自転車とか、そっちを取り締まれよと呆れた。

「ねえ、来週の格好《かっこう》どんなのがいいかな。黒だときっちりしすぎてる感じがするし、あんたの入学式に着ていった白でいい？」

「なんの話？」

「なんの話じゃないわよ。あんたの三者面談」

「ちょ、まだ食ってんだけど」

「遅いのよ。洗い物が終わらないでしょう」

せっかく残しておいたウインナーを取り上げられて、母さんに食べられてしまった。

……だから体重が増えるんだよと、俺は心の中で言い返す。

「で、黒か白どっちがいいと思う?」

話は三者面談に戻った。

そういえば、この前そんな内容のプリントが配られていたっけ。

三面って進路相談のイメージがあるけれど、うちの学校は普段の生活態度の報告も含《ふく》めて定期的に行われる。

学生が起こす物騒《ぶっそう》な事件も多いし、学校側としては積極的に生徒の親ともコミュニケーションを取っていきたいのだろう。

「来なくていいよ」

都合が悪い人は二者面でもいいって書いてあった気がするし。

「なに言ってるのよ。あんた絶対に迷惑かけてるんだから、どんなことがあっても都合つけて行くからね!」

その日は早退でもしてバックレようと思ってたのにできなくなってしまった。

……母さんが来たら絶対に話が長くなる。すげえ面倒くさい。

ただでさえ朝はテンションが低いっていうのに俺はさらにため息が増えて、気分がすぐれないまま学校に向かった。

「おはよう、悠真くん」

「悠真ー。昨日メッセージ無視したでしょ！」

「なあ、佐原。今日学食？」

校舎に近づくにつれて、途中で会う人たちもほとんど見慣れた顔に変わっていた。

俺は三年、二年、一年と学年関係なく友達がたくさんいる。

友達になろうと言ったわけでも、なってと強制されたわけでもなく、自然と多くなっていく友達は今に始まったことじゃない。

保育園も小学校も中学校もひとりになったことはないし、いつも目立つグループの中にいた。

『悠真といると楽しい』『佐原はいいヤツだ』なんて、言われることも多いけれど、みんな俺のことを過大評価しすぎていると思う。

見た目で得したことはあっても中身は適当人間だし、物事は全部なるようになるとしか思ってない。

なのに今、なるようにならなそうな女子に出会い、四苦八苦させられているなんて大勢の友達は誰ひとりとして知らない。

【おはよう】

そんな一行のメッセージを、送ろうかどうしようか迷っている自分の臆病《おくびょう》さにビックリする。

教室に着くなりクラスメイトが机の周りに集まってきたけれど、俺はずっとスマホだけを苦い顔で見つめていた。

せっかく意を決して送ったメッセージの返事はこない。それどころか〝既読《きどく》〟もつかないし、なんのためにスマホ持ってんだよって、行き場のない不満を声に出して言いたくなった。

「ねえ、なんでそんな険しい顔してんの?」

「犬のフンでも踏んだんじゃね?」

ちげーよ、バカ。

いまいち雰囲気に乗れない俺のことをみんな不思議がってたけれど、とくに詮索されることもなく、周りはずっとくだらない話で盛り上がっていた。

うちの学校は一学年でクラスが六つに分かれていて、俺は六組で海月は一組。つまり廊下の端と端。

クラスが隣だったら体育が合同授業になることもあるのに、それもないどころか、学年集会で体育館に集められても近くに並ぶことはない。

しかも階ごとにはふたつのトイレがあって、六組は東側、一組は西側を使ったほうが早いから教室の前を通りすぎる機会もない。

「お、岸さんかわいい」

一限目が始まるまでのわずかな時間。前席の沢木《さわき》が窓の外を眺めていた。

〝岸〟という名前に過剰《かじょう》なぐらい反応してしまった俺は、一緒になって中庭に目を向ける。が、そこにいたのはあいつと同じクラスの美波のほうだった。

中庭はどの教室からも見えるようになっていて、自意識が高い生徒は自販を利用しにいくだけでもわざわざあそこを通る。不自然に甲高い笑い声を響かせて、自分ここにいますよ、アピール。

目立つ女子はだいたい自分たちのランクが上だということもわかっているので、見せ方もうまい。

よって、たいていの男子は簡単につられてしまう。

「なに買いにいくのー？」

風が冷たいというのに、沢木は窓を開けて声をかけていた。

「飲み物だよ。温かいミルクティー。沢木くんにも買っていってあげようか？」

「えーミルクティーとか甘いじゃん」

「そこがおいしいんだよ、ね？　みんな」

女子たちはきゃっきゃと笑っていて、沢木も鼻の下を伸ばしている。そんな姿を冷めたように見ていたら、「ねえ、佐原くんにもなにか買っていこうか？」と、岸からたずねられた。

俺、佐原くんって呼ばれてんだ。

そもそも、話したことあったっけ？　みんなで騒いでいる時に交ざってたことはあったかもしれないけれど、べつに友達というわけじゃない。

「いらね」

俺は気のない返事をした。

すると沢木がフォローするように「はいはい！　やっぱ俺いる！　ミルクティー飲む」と、身を乗り出しながら答えてくれて、俺は視線を教室に戻した。

再びスマホを確認してみても、あいつからの返信は相変わらずない。

そんなに気になるなら一組に見にいけばいい話だけど、俺が会いにいって変に悪目立ちはさせたくないと思う。あいつはひとりでいることを自分で選んでいる気がするから。

それから授業が始まって俺はだらけた体勢でノートを取りつつも、半分以上の時間を寝て過ごした。

そして最も憂鬱な四限目の古典は受ける気になれず、俺は先生が来る前に席から離れた。

「あれ、どこ行くの？」

「ダルいからふけるわ」

沢木にだけ伝えたつもりだったのに、周りにいたヤツらが次々と会話に乗っかってきた。

「え、悠真サボるの？　私も行きたい」

「次、古典だしな。この際みんなで早退して遊びにいかね？」

どっと騒がしくなる教室を横目に「はいはい、じゃーね」と、流しながら逃げた。

すでに授業が始まる三分前。廊下は休み時間と違って人の姿はなく、歩いてるだけでもかなり浮く。

近くにある階段を使えば楽なのに、俺はあえて遠回りをして一組のほうを目指した。

廊下側にある窓は全部で四つ。通りすがりに中を覗いてみたけれど、海月の姿がどこにも見当たらない。

「なあ、岸って休み？」

ちょうど廊下側の席に知り合いの女子がいたから聞いてみた。

「え、美波ならあそこに……」

「じゃなくて、海月のほう」

「えー知らない。でも今日は来てたよ。たぶん」

たぶんってなんだよ。もう四限目だぞ。どんだけ影が薄いんだよと思いながらも、

「ふーん。わかった」と素っ気ないふりをして俺はあいつを捜《さが》しにいった。

いちばんはじめに思い浮かんだのは東棟にある非常階段。昨日もあそこにいたし、もしかしたらと急いだけれど、そこには誰もいなかった。

次に多目的教室、教材室、幽霊《ゆうれい》が出ると噂の第三音楽室と授業をサボれそうなところは手当たり次第に確認したけれど、海月は見つからない。

いろいろと考えた結果、たどり着いたのは保健室だった。

こんなにわかりやすい場所にいるわけねーよなと思いつつ、ゆっくりドアを開けた。

いつもキャスター付きの椅子《いす》に座って仕事をしてる養護教諭《きょうゆ》は不在で、保健室はいつも以上に静かだ。

中央にはパーティションで目隠しされた空間があり、その中にはテーブルとふたりがけのソファが置かれている。

壁に貼られている虫歯のポスターが少しグロくて、保健室は落ち着くというより病院みたいで緊張《きんちょう》する。

そんな消毒液の匂いが漂う部屋にはベッドがふたつ。

ドア側のベッドは空っぽだった。でも、窓側のベッドには……。

「無用心だな。カーテンぐらい閉めとけよ」

声をかけると、横になっていた体が俺のほうに向いた。

それは捜していた海月だった。

半信半疑でここに来たけれど、まさかいるとは思ってなかった。

「具合、悪いの？」

そっと近づくと、彼女は目を隠すように右手を顔の上に置いた。

「……出張、中……」

「え？」

「ドアの前の札」

海月の声は聞き取れないくらい小さかった。主語がないから一瞬なにを言ってるのかわからなかったけれど、おそらく保健室のドアに出張中の札がかけられていなかったかと、俺に聞いてるんだと思う。

「気づかなかったけど、そんなのかかってた？」

「……うん」

「そうなんだ。つか、勝手に札なんてかけていいの？」

「……違う。さっき先生が出張にいって、それで札をかけておくから、誰も入ってこないって……」

ああ、だからベッドの周りにあるカーテンを閉めてなかったってことか。

一応会話は成立していても、海月の様子はあきらかにおかしかった。見るからに意識がもうろうとしていて、話し方もうわ言みたいだ。

「なんか薬でも飲んでる？」

「べつに、あんたに関係ない」

なんだよ、それ。こういう返事だけはっきり言うなっての。

「風邪？　熱は？」

俺はめげることはなく、海月のおでこに触った。人の熱なんて測ったことはないけれど、たぶん熱はない。というか、逆に冷たすぎるぐらいだ。

「お前、体温低すぎない？」

たしか低いのもあんまりよくないって、なんかのテレビでやってた気がする。偏《かたよ》った食事や寝不足が続いたりすると体温が低くなるみたいで、それによって免疫《めんえき》力《りょく》が下がったり、病気になるリスクが増えるとかなんとかって言ってた。

「体が温まるもの食えよ。学食にある豚汁《とんじる》うまいよ」

「……うるさい」

海月は迷惑そうに背中を向けた。

布団をかけていても華奢《きゃしゃ》な体がわかる。

身長はおそらく女子の平均ぐらいはあるし、特別に小柄というわけでもないのに、なんていうか、海月は全体的に薄い。

「なあ、俺、〝岸〟っていったら海月だから」

「は？」

唐突に投げた言葉に反応するように、彼女の顔が少しだけこっちに傾いた。その表情はビックリというより、なにを言ってるんだろうと困惑しているように見える。

「なんか俺さ、お前以外かわいいと思えなくなっちゃった」

同級生の友達ほど女子に飢《う》えてるわけでもないけれど、タイプな顔がいたら普通に「お」って思ってたし、美人な先輩に声をかけられたらラッキーとか、健全な思考は持ち合わせていた。

でも海月のことが気になりはじめてから、それがぴたりとなくなり、誰を見てもまったく興味が湧かなくなってしまった。

ああいうことがあったから惹《ひ》かれているのか、それともつかみどころがない彼女が心配なだけなのか。それは自分でも説明がつかない。

でも、気になる。

いや、今はそれよりももっと上。

こんなふうに青い顔で寝ているなら、連絡くらいしてくれたらいいのに。

そうしたらどこにいてもすぐに駆《か》けつけるし、ずっと隣にいる。

それで、いつか話してほしいと思う。

その小さな体に背負っているであろう、なにかを。

「あっそ」

海月の返事はひと言だけだった。

それでも、どっかに行けとか、迷惑だって言われたりはしなかったから、俺は自分の気がすむまでここにいることにした。

さらりと、彼女の黒髪が肩《かた》からたれ下がっている。

指先だけでも触ったら、さすがに怒《おこ》られてしまうだろうか。

きみと迎えた二回目の朝

怖いものは、こう見えていっぱいある。
すぐほえる犬。
車のクラクション。
前触れもなく発生する静電気。
でも、いちばん怖いのは、自分と違いすぎるもの。
かわいいもの。
キラキラしたもの。
すぐに壊れる繊細《せんさい》なもの。
あと——佐原。
佐原は怖い。
温かいより、熱くて。
日陰《ひかげ》よりも日向《ひなた》が似合っていて、私をすぐに見つけてしまう。
関わらないでほしい。そうやって迷惑そうにしたって、あいつはめげない。
なんであの日、佐原なんかに頼っちゃったのかな。
なんで私は佐原に抱きしめられた感触がずっと消えないのだろう。
『大丈夫?』
あの夜、うざったいくらい聞かれたその言葉に……。

〝大丈夫じゃない〟

そう言いかけた自分の弱さを思うと、今さらながらにちょっと泣きそうになる。

結局、私は四限目が終わったと同時に早退した。

佐原は過剰なぐらい心配してきて、しまいには『送っていくから』なんて言う始末。このままだと本気でついてきそうだったので、隙を見てそそくさと校舎から出た。

……ああ、頭痛がひどい。

今朝飲んだはずの薬はあまり効《き》かず、続けて追加分を服用してしまったせいで体がふわふわしている。副作用はしっかりとあるくせに、頭の痛みが取れないのは……。

『なんか俺さ、お前以外かわいいと思えなくなっちゃった』

そんなバカな声が、まだ耳に残っているからだろうか。

佐原は本当にことごとく私のペースを乱してくる。

心配なんてしなくていい。私なんかにかまわなくていい。

だけど、彼との接点をつくってしまったのは私が原因で。佐原を中途半端に巻き込んでしまったのは私のせいで。

彼は今までどおりたくさんの友達から慕《した》われて、楽しそうに騒いだりしてる姿のほうが似合っている。

わざわざ、こんなに暗い私のほうに来ることはない。

家に帰ると、すぐにスマホが鳴った。たぶん、佐原。というか、佐原以外に連絡してくる人はいない。

私はメッセージを見ることはなく、スマホにも触らなかった。

いつも自分の部屋に直行する足はリビングへと向かい、冷蔵庫からミネラルウォーターを取り出して喉に流し込んだ。

こうして冷蔵庫を勝手に開けることにためらいがあって、みんながいる時には絶対やらないようにしている。

たとえば家の電話は取らないとか、掃除機《そうじき》はかけても物には触らないとか、お風呂《ふろ》上がりのドライヤーは自分の部屋でかけるとか、そういうルールがたくさんある。

それは誰かに言われたからではなく、私が自発的にやってることだ。

六年間この家で暮らしているけれど、感覚としては暮らさせてもらっているという気持ちのほうが強くて、身の回りの物だって使う時にはかなり遠慮する。

この家は、私の家じゃない。

そして家族も、私の家族じゃない。

そう心で言い続けて六年がたってしまったけれど、その時間が短かったのか長かったのか、どう感じているのかは、自分でもよくわからない。

――ガチャッ。

と、その時。リビングのドアが開いて、心臓が大きく跳《は》ね上がった。帰ってきたのはスーパーの買い物袋を抱えた晴江さんだった。

な、なんで？

壁かけ時計の針はまだ二時前を指している。もしかして早番の日だったのかもしれないと思い、気まずさで目が泳いでしまった。

「学校はどうしたの？」

「……早退、しました」

「体調でも悪いの？」

「いえ、平気です」

「平気だったら早退なんてしてこないでしょう」

晴江さんはあきれたように眉をひそめた。私は晴江さんと同じ空間にいるとすごく緊張するし、ふたりきりになるのがいちばん苦手だ。

いまだに話し方も他人行儀《たにんぎょうぎ》で、タメ口をきいたことは一度もない。

その距離感《きょりかん》は一定を保ったまま変わることはなく、叔母《おば》と姪《めい》の関係だけど、赤の他人よりも私たちはよそよそしい。

「いつもこういうことをしてるの？」

「家に誰もいないからって無断で帰ってくること、よくあるの？」

「……え？」

悪意はなくても言い方にトゲを感じた。

家に誰もいない時には帰ってきたらダメなんだろうか。べつに悪さなんてしないし、泥棒《どろぼう》みたいになにかを盗《ぬす》んだりはしないのに。

私の無言を肯定《こうてい》だと受け取った晴江さんは、さらに深いため息を吐いた。

「まあ、いいわ。そういうことも含めて来週の三者面談で担任の先生にいろいろお願いしておくから」

本当は面談があることを隠しておきたかったけれど、美波がプリントを見せてしまったから失敗に終わった。

まだ高一だっていうのに、なんで三者面談なんてやらなきゃいけないんだろう。

せめて来年だったらよかったのに。そしたら私は……。

「今朝、先生に頼んであなたの順番は最後にしてもらったからね」

買ってきたものを次々と冷蔵庫に入れながら晴江さんが言った。

「当日は仕事の都合で学校に着くのが少し遅くなりそうなの。それにほら、美波のこともあるでしょう……？」

晴江さんの歯切れが急に悪くなった。

たしかに美波のお母さんと私の保護者が同じだったら同級生たちに怪しまれるし、今まで隠してきたことがすべて無駄になってしまう。

そういうことを想定したうえで、もしかしたら順番のことも美波が晴江さんに頼んだのかもしれない。

高校生はただでさえ多感な時期だし、私たちのことが周囲にバレれば騒がしくなることはわかっている。だから美波が隠したい気持ちは十分すぎるほど理解しているつもりだけど……。私のことを公にしたくないのは、晴江さんも同じなんじゃないのかな。

母親代わりだけど母親じゃないし、美波と同い年だけど私は娘じゃない。

近所の人たちにも姉の娘を預かっていると説明しているし、どうしたって私はこの人たちの輪に入ることはできない。

また頭がひどくうずいてきた。ズキズキとまるでハンマーかなにかで叩《たた》かれてるみたいな感覚だ。

「本当に具合がよくないなら薬でも出しておくけど」

私は痛みを必死に我慢《がまん》して「平気です」と答えた。

平気です、大丈夫です、気にしないでください。

私はこの家にきて何度その言葉たちを使っただろうか。

角が立たないようにしてるのは私も同じで、弱いところは見せられない。

弱いと認めたくない自分がいるのだ。


二階に上がって部屋に入ると、倒《たお》れ込むようにベッドに横になった。

私がこの家に来た当初、養子として迎《むか》えいれたほうがいいのではないかという話が一度だけ持ち上がった。

金銭的にも苦しいわけではないし、ちゃんとした形をとろうと勧《すす》める忠彦さんの意見を拒否したのは晴江さんだった。

『無責任なことを簡単に言わないで！』

まだ十歳という年齢《ねんれい》だったけれど、自分がとても迷惑をかけているということだけはわかっていて、リビングから響くやり取りを私はドア越しに聞いていた。

相談もなしに行方不明になった母と、母から捨てられた私。いらなくなった物を押しつけるみたいに預けられてしまった晴江さんの不満は計りしれない。

一応、叔母と姪という血縁関係はあっても、母は親戚《しんせき》の集まりや法事などもできる限り参加しないようにしていたので、はっきりと言えば疎外《そがい》された存在だった。

だから妹である晴江さんとも仲が悪く、母から家族についての話をされたことは一度もない。

晴江さんによると母は昔から頑固で、大勢でいるよりもひとりでいることを好んでいたらしい。なにを考えてるかわからなくて友達もいなかったみたいで、今は亡き祖父母との関係も悪かったそうだ。

そんな人が産んだ子どもを引き取りたいなんて誰も思うはずがなく、遠い親戚は探せばいるかもしれないけれど、どこに行ったって私の居場所はない。

私がもう少し器用で、素直《すなお》に甘えられる性格だったら少しは扱いも違ったのかもしれないけれど、しょせん蛙《かえる》の子は蛙。

周りと馴染むことができずにひとりを好んでいるなんて、まるで自分のことを言われているみたいだ。

しばらく横になっていたら、だいぶ体調は落ち着いた。今日もいつもどおりバイトがあるので、時間を気にしながら身支度を始める。

こういう情緒《じょうちょ》不安定な時には必ず頭痛がぶり返すことはわかっていたけれど、このまま家にいたほうがもっと悪化することも容易《たやす》く想像できた。

もうすぐ美波が学校から帰ってくるし、晩ごはんができあがる頃には忠彦さんも帰ってくる。

そうしたら始まる、家族水入らずの穏《おだ》やかな食卓《しょくたく》。

私はその場にいたくない。ううん、いても、どんな顔をして座っていたらいいのかわからない。

だから、バイトにはずいぶん救われている。

お金ももらえるし、店の雰囲気は居心地がいいし、なにかをしてれば余計なことを考えないですむから。

家を出ていく時、晴江さんがいるリビングのドアは開けなかった。その代わり「いってきます」と、形だけの挨拶をして外に出た。

バイト先に着くと、清子さんと将之さんが「海月ちゃん、今日もよろしくね」と大きな声で迎えてくれた。

その明るさにホッとして、息が吸いやすくなった気がした。

店の更衣室《こういしつ》で着替え終わったあと、荷物と一緒にスマホもロッカーに預けた。

その際に指が画面に触れてしまい、未読の通知が表示された。

佐原から届いたメッセージは、まだ見ていない。

――『風邪？　熱は？』

だって見てしまったら……。

おでこに触れられた温かい手の感触を思い出してしまいそうだった。

今日のバイトは四時間。かけそばが半額の日ということもあって、近所の人たちがひっきりなしに訪れた。

「お疲れさまです」

バイト終わりのロッカールームで三鶴くんと鉢合わせた。彼は皿洗いの私とは違って、忙しそうに接客しているから基本的に仕事中は顔を合わせることはない。

「……うん。お疲れさま」

清子さんや将之さんとふたりきりになってもそれほど困ったりはしないけれど、三鶴くんとは年が近いからか妙な気まずさが生まれてしまう。

……苦手だ、こういう静かな空気。

さっさと帰ろうとカバンを肩にかけたところで、「ねえ、ふたりとも晩ごはん食べていかない？　こっちのミスでかけそばの余分が二杯《にはい》出ちゃったの」と、清子さんが慌てて呼びにきた。

「えっと私は……」

「食べます。めちゃくちゃ腹ぺこです」

私の声は三鶴くんに遮られてしまい、完全に断るタイミングをのがしてしまった。

帰り支度をすませた私たちは店内へと移動して、まだ残っている客の邪魔にならないように隅《すみ》っこのテーブルに向かい合わせで座った。

「はい。どうぞ」

清子さんはすぐにかけそばを二杯運んできてくれた。温かな湯気とともに、甘じょっぱい香りに包まれた。

たしか、かけそばだって言ってたのに、なぜか落とし卵がふたつ浮いている。

「サービスよ。月見そばならぬ満月《みづき》そば」

清子さんは私の肩を叩きながらニコリとして、仕事に戻っていった。きっと今のはダジャレというか、私の名前とかぶせてきたのだと思う。

「いいですね。満月そば。メニューにすればいいのに」

三鶴くんはそう言って、そばをすすった。

私も手を合わせて食べる体勢になったけれど、正直あまり食欲はない。

最近はなにかを口にするとすぐに気持ち悪くなってしまうから、全部食べきれる自信もない。でも、手をつけないのはさすがに失礼だと思い、ゆっくりとそばを口の中に入れた。

「……あ」

思わず吐息《といき》交じりの声が出た。

……おいしい。

もうそんなことを感じるのもないと思っていたのに。気づくと箸はするすると進んで、空っぽだった胃が一気に満たされていった。

「もしかして岸さんって、そば苦手だったんですか？」

「え？」

「いや、食べられて感動みたいな顔してるんで」

今さら向かい合わせで食べていることが気まずくなり、なるべく顔が見えないようにうつむいた。

「うちの兄ちゃん、なんでも食べるくせにそばだけはダメなんですよ」

「お兄さんがいるの？」

「はい。ひとつ上の」

なんとなくこういう会話が新鮮だったけれど、私が質問しなかったせいで、再び沈《ちん》黙《もく》になってしまった。

……そういえば、こんなふうに誰かとごはんを食べるのは久しぶりかもしれない。

周りの人たちは食事をしながらうまく会話をしてるのに、私は人との話し方も忘れている。

「岸さん、ここをやめたあとほかのところで働くんですか？」

また三鶴くんが話を振ってくれた。会話下手な私に動じないところが、少し佐原と似ている。

「ううん。予定はないよ。三鶴くんは欲しいものが買えたらやめるの……？」

「そのつもりだったんですけど、けっこう楽しいんで高校に入っても続けたいなって、ちょっと思ってます」

「そっか」

そんなやり取りをしている間に三鶴くんはそばを完食していて、不安だった私も残すことなく食べきっていた。

そのあと、空になった器を裏へと運び、「やっておくからいいよ」という将之さんの言葉を押しきって、私は洗い物をして店を出た。

外の空気はひんやりとしていて冷たかったけれど、温かいものを食べたおかげで体がぽかぽかしていた。

「じゃあ、俺、こっちなんで」

三鶴くんは耳にイヤホンを着けながら、私と反対方向に歩いていった。

スマホを確認すると、午後十時になろうとしている。いつもより遅い時間だけど、きっと美波はまだ起きているだろう。

あと一時間くらいブラついて帰ろうかな。でも、やっぱりあんまり体調がよくない。さっきまで普通だったのにひとりになると痛みだす頭は、きっと精神的なことも影響してるんだと思う。

　薬を飲んでから、何時間たったっけ。

　もうさすがに飲めるよね。コンビニで水を買ってそれから……。

「岸さん！」

　名前を呼ばれて振り向くと、なぜか三鶴くんが戻ってきていた。

「え、ど、どうしたの？」

　忘れ物？　いや、彼から預かってるものもなければ、私が預けてるものもない。

「これ」

　三鶴くんはイヤホンを片耳だけはずして、私になにかを差し出してきた。

「なに……？」

「はちみつレモンの飴《あめ》です。なんかいつも元気ないんで」

「え、あ……ありがとう」

　戸惑いながら受け取ると、三鶴くんは「じゃあ」と歩き去ってしまった。

　手の中にある小さな袋には『のど飴』と書いてある。

　痛いのは頭なんだけどなと思いつつも、私はさっそく飴を口の中で転がした。

　……甘い。

　今日はなんだかいろいろ、感情が揺れた一日だった。

『家に誰もいないからって無断で帰ってくること、よくあるの？』
そんな言葉にチクリとしたり。
『サービスよ。月見そばならぬ満月そば』
そんな優しさにほっこりとしたり。
『はちみつレモンの飴です。なんかいつも元気ないんで』
そんな気遣いに励《はげ》まされたり。
だけど、やっぱりいちばんは……。
ブーブー。と、その時、スマホがタイミングよく鳴った。
【まだ起きてる？　心配なんだけど電話しちゃダメ？】
今まで読んでなかったメッセージも合わせて確認した。
送り主は、もちろん佐原だ。
ぎゅっと、なにかが胸《むね》に込み上げてきた。
〝いいよ〟と文字を打ったあと少し考えて、私は結局〝ダメ〟と送った。
【わかった。おやすみ】
彼からの返事を見て、また説明できない気持ちが浮上《ふじょう》する。
グラグラした。頭痛のせいじゃない。
本当は少しだけなら、電話をしてもいいと思った自分と。

今、電話をしたらダメだと思った自分が、心で暴れている。

だって、たぶん私、佐原と今話したら……。

声が震《ふる》える。

『大丈夫？』なんて、あの日みたいに聞かれたら、自分が弱くなってしまう気がした。


体が思うように動いてくれなくなったのは、高校に入学してすぐのことだった。

急に目眩《めまい》がしたり、朝起きると手足が痺《しび》れていたり、瞳にフィルターがかかってるみたいに視力も下がりはじめてからは、さすがにおかしいと気づいた。

最初は栄養バランスが片寄ってるせいかもしれないと軽く考えていたけれど、ある日猛烈《もうれつ》な頭の痛みに襲《おそ》われて駅前の病院へと駆け込んだ。

症状《しょうじょう》を伝えると『もっと大きな病院で詳しく調べたほうがいい』と言われ、隣町の大学病院で再診。

そのまま頭部のＣＴ検査などを受けて、その結果は……。

『頭にピンポン球よりも大きな腫瘍《しゅよう》があります』

その時は正直、なにを言ってるんだろうとしか思わなくて、『どうやったらなくなりますか？』と淡々《たんたん》と質問したことは覚えている。

『もっと詳しく検査してみないと種類がわからないので、また後日ＭＲＩを撮《と》らせてください』

『……MRI？　今日撮ったものとは違うんですか？』

『CTはいわゆるレントゲンと同じ原理なので、表面上のものは写すことができますがその密度は測定できません。CTでは診断が困難な場所が複数カ所あり、それは脳も含まれます。CTと違って少し時間がかかりますが、腫瘍の詳しい診断をするためにも必要だと思います』

聞き慣れない言葉ばかりで理解できなかったけれど、大がかりな検査を勧められていることだけはわかった。

『……費用はどのくらいですか？』

『保険の内容にもよりますが、患者《かんじゃ》さんの全負担だと四万円前後かと思います』

『そんなに……』

『MRIを撮《と》るためには同意書にサインをしていただきます。未成年者の場合は保護者の同意も必要です』

その言葉に、ドクンと心臓が跳ねた。

お金はバイト代でなんとかなっても、保護者は無理に決まっている。体調不良のことは誰にも言ってないし、今日病院に来たことすら晴江さんたちにはバレないようにしてきたのに。

『それは難しいです。MRIは撮らなくてもいいので、とりあえず薬だけ出してもらえませんか？』

大ごとにはしたくない。私はただ体調さえ回復すればそれで……。

『岸さん』

するとと、医師は真剣な顔つきになった。

『大きな病気の可能性がありますので、親御《おやご》さんに検査の同意書をもらったうえで、次は保護者同伴《どうはん》で来てください』

その気迫《きはく》に押されて、私は思わず『はい』と答えてしまった。

先延《さきの》ばしにはしないほうがいいと、MRIの予約はした。けれど、やっぱり未成年者だけでは受けられないようで、保護者の同意書は必須《ひっす》。紙は持ち帰ることが許されたので、私は折り曲げないように数学のノートに挟《はさ》んだ。

もっと軽い感じで診察が終わって、自律神経の乱れとか、私でも知っているようなことを言われるだけだと思ってた。

同意書、なんて誰かに見せられるわけがない。一応医師には家族や親戚はいないと伝えた。それならば代理人でもいいと言われたけれど、同意書にはしっかりと続柄《ぞくがら》を記入する欄《らん》があった。

その場しのぎで誰かに書いてもらうことはできないだろうし、晴江さんや忠彦さんや美波にはどうしても知られたくない。

そう思い悩んでいた矢先に、予想外の出来事が起きた。

【里仲英治《さとなかえいじ》】

そんな差出人から私宛《あ》てに一通の手紙が届いたのだ。私が里仲という名字を使っていたのはずいぶん昔のこと。手紙の送り主は、母と離婚してからずっと音信不通になっていた父親からだった。

今の家の住所をなぜ知っているのだろうという疑問は、手紙にすべて書かれていた。

母が私を預ける際に晴江さんの家の住所を父に教えていたこと。ずっと手紙を出したかったけれど、私に負い目を感じてためらっていたこと。

そして、今は昔と違って定職に就《つ》いていることや、できればひと目だけでも会って直接私に謝りたいといった内容が二枚の便せんにつづられていた。

……本当に今さらなにを言ってるんだか。

正直、私は父の顔さえよく覚えていない。一緒に出かけた記憶もないし、親らしいことをしてもらったかと聞かれれば、たぶんそれもない。

なのに便せんの最後には【自分のしたことを考えると親子関係に戻れるとは思わないけれど、父親としてなにもできなかったお詫《わ》びをしたい】と、連絡先が書かれていた。

きっと病院に行かなかったら、私はその手紙をコンビニのレシートと同じようにぐちゃぐちゃに丸めて捨てていたと思う。

でも手紙とＭＲＩの承諾《しょうだく》同意書を交互《こうご》に確認して、気づくと父の連絡先に電話をかけていた。私もそれなりに緊張していたので話した内容は断片的にしか覚えていない。久しぶりに会話をする余韻《よいん》なんて二の次にして、『体調不良が続いてる』『保護者の同意書がないと検査できない』『今までのことのお詫びはいいからサインをしてほしい』と、私は淡々と告げた。

そしてＭＲＩを予約した日。およそ十年ぶりに父と会った。長身で切れ長な目元は、忘れていた記憶をじわりじわりと思い出させた。いつもだらしない格好の印象だった父はしっかりとした服装を身にまとい、何度も私に謝った。

私はどう答えていいのかわからなくて、とりあえず『予約の時間があるから』と、病院まで付き添《そ》ってもらった。

着いてすぐに紺色の検査着に着替えて、体重、身長、血圧、心電図を測定した。そのあと医師からの問診を受けて、検査室に移動。父には一階の待合室にいてもらって、私はＭＲＩ検査を行った。

検査結果の日。それも保護者同伴でなければいけないと医師から強く言われていたので、また父と病院を訪れた。

――悪性の脳腫瘍。

私は医師からそう告げられた。

腫瘍があるとわかってからは、なんとなく覚悟《かくご》はしていた。こんなにも体調不良が続くなんてありえないし、たいしたことがなければ保護者の同意書が必要なくらいの検査はしない。

『岸さんの場合、腫瘍の場所が非常に悪いうえに、かなり肥大も進んでいるので手術はすでに不可能な状態です』

父の顔を見ると、驚きを通り越して呆然《ぼうぜん》としていた。……だから、付き添いなんていらなかった。十年ぶりに再会して、まだまともに会話すらしていないのに、急にこんな場面に立ち会わなくてはいけないなんて不運にもほどがある。

『……その、治療法《ちりょうほう》は？』

父の声が震えていた。

『薬で痛みをやわらげることと、進行を遅《おく》らせることができます。でも現時点では有効な治療はなく……』

どうしようもできない。もう手遅れ。そんな重苦しい空気が診察室に流れた。

『私、死ぬんですか？』

遠回しにされるのも、説明が長引くのも嫌だったので、自分から核心的《かくしんてき》なことを聞いた。

『腫瘍の進行状況《じょうきょう》から、余命はあと三カ月ほどだと思ってください』

ずっと冷静でいた自分の心臓が、はじめて激しい音をたてた。

医師から今後のことについて丁寧《ていねい》に説明されたけれど、私の耳にはなにも聞こえていなかった。

それから病院を出て、私は父と並んで歩いた。病院に行ったのは午前中だったのに、いつの間にか外は暗くなっていた。

『違う病院で検査してみよう。もしかしたら間違いってこともあるかもしれないし』

父は私以上に心を静めようと、必死になっているように見えた。

『間違いなんてあるわけないよ。ここら辺ではいちばん大きな病院だし、ＭＲＩを撮って結果がはっきりと出たんだから確かなことでしょ』

口ではそう言い返しながらも、私は脳腫瘍、悪性、死という三つの単語を何度も繰り返し考えていた。

『それでもべつの病院に行ってみよう。だって海月が余命宣告《せんこく》されるなんて……』

父の足が止まったことに合わせて、私も歩くのをやめた。

それまでだって、平坦《へいたん》な人生じゃなかった。

物心がつく前に両親が離婚して、母とふたりで暮らすようになってからも私は必要とされず、ついには叔母の家に預けられて、今は息をひそめるように暮らしている。

自分の運命を呪《のろ》うよりも、直感で誰かに呼ばれているんじゃないかって。

私は望まれた存在じゃないから、早く死んでまたべつのなにかになるために手招きされてるんじゃないかって。

そんなふうにあれこれと思いを巡《めぐ》らせていた。

『私は大丈夫。病院に付き添ってくれてありがとう。じゃあ、もう行くから』

『み、海月……っ』

父の制止を無視して、私はひとりで歩きだした。

誰にも頼らない。頼りたくない。だから、大丈夫。私は大丈夫だと、何十回も心で言い聞かせた。

そのうちに、ぽつりぽつりと曇天《どんてん》の空から雨が降りだしてきた。通行人たちは慌ただしく近くの建物に駆け込んで雨宿りしていたけれど、私はひたすら濡れたコンクリートの道を進んでいた。

ざあざあという激しい音はたしかに聞こえているのに、全身に打ちつけられている雨の感覚はあまりない。

痛いのか、冷たいのか、寒いのか。

それすらも、よくわからない。

そんな中で、ひとりの男の子と目が合った。その瞳は灰色の景色には不つり合いなほど綺麗だった。

『なにやってんの？』

ずぶ濡れの私なんて無視して行ってしまえばいいのに、焦《あせ》ったように彼は傘を傾けてきた。

自分が雨に打たれることも気にしないで、彼はまっすぐに私のことを見ていた。

彼のことは、なんとなく知っていた。

私と正反対の場所で生きているような、立っているだけで自然と人が集まってくるような、そんな太陽みたいな彼とは一生交わらないと思っていた。

けれど、傘を傾けられただけでひどく心が揺れた。その些細《ささい》な優しさがじんわりと冷えた心にしみた。

べつに余命なんて怖くない。ただ驚いただけで、私の人生を考えればこういう結末もありなんじゃないかって、思っていたのに。

『ねえ、朝まで一緒にいてよ』

はじめて自分の意思とは関係なく、誰かと一緒にいないとくずれてしまいそうな弱さが口からこぼれ落ちた。

だから、後悔している。

三カ月後にはこの世にいない私が、一瞬の弱さで佐原を巻き込んでしまったこと。

なんの接点もなかった彼を手招きしてしまったのは、きっと私。

病気のことも余命のことも秘密にして、誰にも頼らずにひとりで背負っていきたいのに……。

佐原は、私が弱さを隠せなかったあの夜のことを忘れようとはしてくれない――。


数日がたって、三者面談の日がやってきた。

ひとりの生徒につき約十五分ほどの面談は二日間に分けて実施され、事前に聞いていたとおり私の順番はいちばん最後だった。

「お待たせしました。どうぞこちらにお座りください」

廊下で待機していた私たちは、先生の合図で教室に入った。

ただでさえ晴江さんとふたりきりは緊張するのに、面談という独特の雰囲気も相まって、私の気分はさらに重かった。

「では、まず普段の生活態度のことからお話しますね」と、先生が名簿《めいぼ》のチェック表を見ながら話しはじめる。

教室の中央にふたつの机を向かい合わせただけの空間は、この場にいるだけでとても息苦しい。

早く終わってほしいと願う私とは反対に、晴江さんは先生が話すことを真剣に聞いていた。

晴江さんの格好は昨日美波の面談をやった時とは違い、全身上品な濃紺《のうこん》で普段はつけないパールのイヤリングをしていた。

どこから見ても〝いいお母さん〟というような見た目をしていて、事情を知らない人ならば確実に私たちは親子として認識されるだろう。

「海月さんは家の中ではどういうふうに過ごしていますか？」

いつも美波と私の区別もつけずに名字で呼んでいるのに、今日の先生は私のことを名前で統一していた。

「あまり外には遊びにいかないので部屋にいることが多いです。そのほかの時間はバイトをしていますので、みんなで集まるということはなかなか難しいですが、しっかりとコミュニケーションは取るように心がけています」

「そうですか。岸さんのご家庭の事情は十分理解しています。このご時世で自分の子どもでもうまく向き合えない人がいる中で、とてもご立派なことをされていると思います」

まるでマニュアルでもあるんじゃないかと思うほど、先生も慎重《しんちょう》に言葉を選んでいるように感じた。

「いえ、そんな立派なことはほとんどできてはいないですが……。姉の責任は私の責任だと思っていますので、この子を預かると決意した時から美波と同じように育てようと決めました。私自身もふたり娘がいるという思いで接していますので、この子も同じように私の気持ちを感じてくれていたらうれしいのですけれど……」

私は誰かが書いたであろう机の落書きをただずっと一心に見つめていた。

大人はこういう場面ではいいように取りつくろうことはわかっている。でもちょっと演技をしすぎじゃないかな。

――『無責任なことを簡単に言わないで！』

私を正式な娘として受け入れなかったのは晴江さんなのに。

でも、私はその判断が間違っていたとは思わない。

養子に迎えてしまえば、否応《いやおう》なしに家族になる。そんな重大なことを、単なる同情や世間の目にとらわれずに判断した晴江さんは正しい。

「岸。過去にはいろいろと苦労もしたと思うけど、しっかりとこの愛情を受け止めていつか恩返《おんがえ》しをしないとダメだぞ。まだ高一だからと気をゆるめずに、将来のことも徐々《じょじょ》に考えていこうな」

先生は熱心にそう言ってくれたけれど、私にはちっとも響いていなかった。

面談が終わる頃になると、校舎には誰もいなくなっていた。先生は「なにかありましたらいつでもご連絡ください」と晴江さんに挨拶をして職員室へと歩いていった。

「帰りはどうする？」

私は再び晴江さんとふたりきりになった。

今日忠彦さんは仕事で遅くなるそうで、だったら晩ごはんは外で食べようと美波が朝からせがんでいた。

おそらく美波は昇降口で待っている。帰りはそのまま晴江さんの車に乗り、ぶらぶらと買い物をしたあとに美波が行きたいと言っていたパスタ屋で晩ごはんをすませる予定だろう。

私も今日はバイトが休みだし、夜は時間を持てあますしかないけれど……。

「寄るところがあるので大丈夫です。晩ごはんは適当に食べます」

思いついた言い訳をして、私は晴江さんの車では帰らなかった。

当然、寄るところなんてあるわけがなくて、私は暇をつぶすために図書室へと向かうことにした。

図書室は生徒たちがいない廊下よりも静かだった。

私はカウンター席に座り、窓から差し込んでくる夕日をぼんやりと見つめる。

――『まだ高一だからと気をゆるめずに、将来のことも徐々に考えていこうな』

先ほどの言葉を思い出して、ふっと鼻で笑ってしまった。

私に将来なんてない。

あるのは、三カ月という曖昧《あいまい》な猶余《ゆうよ》だけ。

と、その時。

――ガタッ。

突然、背後で物音がした。条件反射でビクッと震えたら、「いてっ」という聞き覚えがある声がした。

「あれ、海月じゃん」

本棚のほうから歩いてきたのは、頭を押さえている佐原だった。

なんでこんなにもタイミングよく現れるんだろう。私はまた気持ちを乱されるのが嫌で、視線を窓の外に戻した。

「なんかさ、寝返りしたらすげぇ分厚い本が落ちてきて頭に直撃したんだけど、文句って誰に言えばいいの？」

なのに、佐原は私の心情なんておかまいなしに近寄ってくる。

そもそも、どうやったら図書室で寝返りを打つほど眠れるんだろうか。本棚の間には通路があるから、もしかしたらそこにいたのかな。……全然気づかなかった。

「ねえ、ちょっとここ、たんこぶできてない？」

すると、サラサラした髪の毛が私の頬をかすめた。

佐原はぶつかったところを確認してほしそうに頭を低くさせている。その距離の近さに私は体ごとあからさまに顔を背《そむ》けた。

「……わ、私に近づかないで！」

とっさに出た言葉は静かな図書室で大きく響いた。

「なんで？」

彼はすぐにムッとした。いつもみたいに平然とできたらよかったものの、今のは自分でも声を張り上げすぎたと思う。

「俺はバイ菌《きん》じゃねーぞ」

「そういう意味じゃ……」と、言いかけた唇《くちびる》を止めた。

いや、そういう意味でもいいじゃない。生理的に無理だからと言ってしまえば、これ以上つきまとわれることはない。それなのに私は、なるべく彼を傷つけずにすむ言葉を探していた。

「お前は俺が電話したいって言ってもダメだって言って、連絡してもほとんど無視。俺がしたいと思うことをことごとく拒否するお前の言うことを、俺も聞かないことにした」

「……なにそれ」

「だから俺はここに座る。座っていい？とか聞かずに座る」

そう言って、佐原は本当に私の隣に座った。

身勝手で、口をとがらせて拗《す》ねている彼はまるで子どもみたい。

……調子が狂《くる》う。だって、私が想像できないことを言ったりしたりするのが佐原だから。

私たちはしばらく無言だった。

いつもペラペラとしゃべる彼はまだ機嫌を損ねているのか、なにも話そうとしない。

「……ねえ、あんたって彼女とかいないの？」

沈黙に耐《た》えられずに私から話を振った。

「俺にそれ聞く？　こんなに散々アピールしてる……」

「いないの？」

「いねーよ」

言葉を遮ってまでたずねた私の追及《ついきゅう》に、佐原はますます機嫌を悪くしてしまった。

「前はいたよね。それらしき人と一緒にいるところ見たことあるし、今だって女の子に困ってないでしょ？」

……私、なにを言ってるんだ。こんなにしゃべることなんてないのに、自分の口じゃないみたいに勝手に動く。

「私なんかにかまってないで早く彼女でもつくりなよ」

そう、私はこれが言いたかった。

きっと佐原が私に話しかけてくるのは、周りにいる派手な女子とは違うタイプだからだ。いつも同じ味のものを食べていると飽《あ》きてくるみたいに、私のこともめずらしいから気にかけているだけ。

だから、佐原に彼女でもできたら落ち着くのになって。

前みたいに廊下ですれ違っても、話せる距離にいてもなにもない。そんなただの同級生に戻れたら……。

「なあ、俺と友達にならない？」

私の気持ちとは裏腹に、そんな言葉を投げられた。思わず瞬《まばた》きの回数が多くなる。こんなにも驚きすぎて固まってしまったのははじめてかもしれない。

「私の話、聞いてた？」

「聞いてたよ。で、海月と友達から始めたらいいんじゃねえかって」

「なに言ってるの？　始めないよ、そんなの」

「あーあ、わかった。そうだよ。俺はお前に聞くのをやめたんだった。だから、今から俺と海月は友達。拒否権はありません」

頭がクラッとした。

友達になるとか、バカじゃないの。

なったって私の期限は決まってる。

私となにかを始めようとするなんて、そんなのなんの意味もないことなのに。

「じゃあ、とりあえず暗くなる前に一緒に帰ろうぜ」

佐原がおもむろに腰を上げた。

たしかにもうすぐ部活動も終わるし、図書の先生が鍵をかけにくる時間だ。でも一緒に帰る理由はない。

「いい、ひとりで帰る」

また突拍子《とっぴょうし》もないことを言われる前に、早く。

カバンを肩にかけて立ち上がったところで、佐原から腕をつかまれた。

「友達なんだから、一緒に帰るんだよ」

なにそれ、ズルい。友達って言えばなんでもまかり通ると思ってない？　そもそも友達になることも許可した覚えはないのに。

結局、私たちは一緒に校舎を出た。正確には佐原がついてきた。

最初は私のほうが速く歩いていたのに、あっという間に追いついてきて。その肩が綺麗に並びそうになったところで、私は速度を落として一歩下がる。

私があえてスピードを遅くしたこと、一緒に並ばないようにしてることに、佐原はなにも言わなかった。

私の話は聞かないとか、友達になろうとか、強引なところがあるくせに、そういうところはうまく知らん顔をする。

べつに並びたくないわけじゃなかった。

でも、並ばないことで少しはこの状況《じょうきょう》にあらがってるつもりになりたかった。これ以上、心に踏み込まれないよう必死に虚勢《きょせい》を張っていることに……。

どうか、佐原が気づきませんように。

＊＊＊

友達になりたいわけじゃなかった。

そんなのは周りにいくらでもいるし、もっとべつのなにかでつながりたいと思っていた。

でもなにを言っても、なにをやっても平行線で。

このままだと、距離が縮まらないどころか遠ざかってしまうような気がして、身勝手でも強引でもなんでもいいから……。

固く閉ざしている海月の心に入りたかった。

「ちょっと、悠真！」

土曜日の今日。昼過ぎまで寝ていた俺は、リビングで待ちかまえていた母さんに呼び止められた。

「また昨日帰ってくるのが遅かったでしょう！」

母さんの怒鳴《どな》り声は俺の鼓膜《こまく》をガンガン攻撃してくる。

「だから昨日は気を使って風呂には入んなかっただろ」

うちの脱衣所《だついじょ》の引き戸やシャワーの音は深夜だとほかの部屋にかなり響くから。

「そういう問題じゃないのよ。三者面談でも先生に言われたばかりじゃない。普段から騒がしいグループにいて悪目立ちしてるって」

俺は冷蔵庫にあった炭酸水を片手にソファへと座った。

面談の時に担任が俺の授業態度のことや、たまにサボってることまで暴露《ばくろ》してくれたおかげで、あの日以来、母さんの小言が以前より多くなってしまった。

「うるさいけど友達は悪いヤツらじゃねーよ」

俺だって付き合う友達ぐらいはちゃんと選んでいるつもりだ。まあ、昨日は早く帰ると言ったのに無理やり引き止めてきたり、今日も誘いの連絡がたくさんきてるけれど、みんな根はいい連中ばかりだ。

「もう、少しはみいくんを見習ってよね」

出た。母さんお気に入りの〝みぃくん〟。

ちなみにみぃくんとは俺の弟のあだ名。俺のことはゆうくん、なんて呼んだことはないのに弟は中三になってもかわいがられている。

「今日だって受験勉強するって言って、休日なのに朝から友達の家に行ったのよ」

「へいへい。偉《えら》いですね、みぃくんは」

炭酸水を飲みながらふざけた返事をすると、バシッ!と後頭部を思いきり叩かれた。

「なにすんだよ、こぼれただろ!」

スウェットに浸透《しんとう》していく炭酸水をティッシュで拭いていると、「暇ならここに書いてあるもの買ってきてよ」と、母さんから一枚のメモを差し出された。

そこには人参やじゃがいも、牛乳にチーズ、おまけにビールやさきいかと親父のつまみまで書かれてある。

「暇じゃない。これからＤＶＤ観るし」

「なに言ってんの。十分暇でしょ。私は休日じゃないとできないことがあんたと違っていっぱいあるの!だから今すぐ顔を洗って行ってきてちょうだい」

母さんが本気モードの顔になったので、俺はそれ以上は逆らわなかった。

買い物は三十分もかからなかった。

寄り道して帰ろうと思ったけれど、六本入りのビールと自分用の二リットルのペットボトルが予想以上に重くて断念。仕方ないから予定どおり家でＤＶＤでも見ようと思っていると、横断歩道の前で信号待ちをしてる人物が目に入った。

行き交う車をぼんやりと見つめて、体も不安定に揺れている。

危なっかしいと思いつつも、こんな真っ昼間に飛び込んだりはしないだろうと視線を外す。だけど妙にその背格好に見覚えがある気がして振り返った。

……海月？

そう思った瞬間、彼女の体が前のめりになった。気づくと俺は買い物袋を放り投げて駆け寄っていた。

「……あ、ぶねっ」

猛スピードで通りすぎるトラックから間一髪《かんいっぱつ》のところで肩を引き寄せて間に合った。

なにしてんだよ！と叫びそうになりながらも、海月が故意にやったことではないのは、力が抜けている体を支えてわかった。

「……なんで、あんたが……」

海月はうつろな目をしていた。

「なんでじゃねーよ。すげえビビっただろ」

あのまま倒れていたら確実にトラックにひかれてた。

彼女はどこかに行く予定なのか、あるいは行った帰りだったのか、スウェットの俺とは違い、膝丈《たけ》のワンピースを着ていた。

　もっと早く海月だって気づくべきだったけれど、私服姿なんてはじめて見たから、遠目ではだいぶ印象が違った。

「どうした？　貧血か？」

海月の額に触れると、やっぱり体温は低かった。しかも支えている体は見た目以上に薄くて細くて、簡単に折れてしまいそうなほどだった。

「病院に行く？　ってか、行こう」

　力も抜けたままだし、意識だってもうろうとしている。

　貧血って何科？　とりあえず内科か？　わかんないけど、近くに病院があったはずだし、背負っていけばすぐに着く。

「病院には……行かない。大丈夫……」

「え、お、おい！　海月!!」

　俺の呼びかけも届かずに、海月はそのまま気を失ってしまった。

　そのあと俺は、彼女をタクシーに乗せてから荷物を回収し、一緒に自宅へと向かった。本当は病院にいくべきだったんだろうけど、気を失う寸前の海月がかたくなに拒否してる気がしたから、無理やり連れていくことはできなかった。

そして海月を俺の部屋のベッドに寝かせてから、目眩で人は意識を失うのか調べた。

結果は——人によってはあるらしい。……そんなの、あってたまるか。

俺があの瞬間に通りかかっていなかったら海月は怪我だけではすまなかった。そうなってしまったことを考えると背筋がゾッとする。

「……ん……」

しばらくすると、海月が目を覚ました。

「起きた？」

ベッドに寄りかかっていた俺は、ページをめくるだけでほとんど頭に入っていない漫画を閉じた。

「ここ……どこ？」

「俺の家」

「え？」

「んで、俺の部屋。倒れたこと覚えてる？」

「……断片的には」

海月は自分がいる場所を確認するように、ゆっくり体を起こした。少し眠ったことで顔色はだいぶよくなっているけれど、ただの目眩じゃないことはバカな俺でもわかる。

「なあ、お前の体調不良の原因ってなに？」

いつもフラフラしてるし、この前の保健室の時もそう。青白い顔をして頻繁《ひんぱん》に倒れられたら心配で俺がどうにかなりそうだ。

「……さあ、ホルモンのバランスとかじゃない」

海月は自分のことなのに、他人事のような口調だった。

「ちゃんと病院で一回診《み》てもらってよ。それで原因がわかったらしっかり危機管理してくれ。マジで俺が支えなかったら今頃海月は……」

うなだれるように肩を落とした。そんな俺のことを海月はじっと見ていた。

なんでそんなにあんたが焦《あせ》るの、なんでそんなに私にかまうのって、言いたそうな顔をしている。

海月はいつもそう。

俺がなにかを言うたびに、するたびに『なんで、なんで？』って、疑問が表情に出る。

なんで、なんて……そんな明確な理由が必要か？

心配だから、ひとりにさせたくない。

そう言ったって海月はきっと、なんでって聞いてくるんだと思う。

「……私、どのくらい寝てた？」

「三時間くらい」

彼女はベッドの横にあるカーテンを開けて外を見た。意識があった時は昼間だったのに、すでに空は夕暮れになろうとしている。

海月が眠っていた三時間の間、俺がかなりテキパキと動いていたことを彼女は知らない。

海月をベッドに寝かせたあと、散らかっていた部屋を片付けて、誤解を与《あた》えそうな本もクローゼットのいちばん奥に隠した。

それから風呂に入ってなかったことに気づいて急いでシャワーを浴びて、出しっぱなし脱ぎっぱなしだった洋服を整理。

あとは海月が目を覚ますまで、ひたすら寝顔を見ていたことは、本人にはもちろん言えない。

「ごめん。私、帰るから」

そう言って布団から出ようとする海月を腕で制止した。

「帰らせねーよ」

「……え」

一瞬だけ沈黙になり、本を隠すよりもこっちのほうが誤解を生みそうだと慌てて言葉をつけ加えた。

「い、いや、俺が帰らせないっていうより目眩で倒れたって言ったら、下で張りきってる人がいて……」

「どういう意味……」

海月が言いかけたところで、タイミングよく部屋のドアが開いた。

「あら、よかった！　目を覚ましたのね！　気分はどう？」

それはエプロン姿の母さんだった。

「ノックぐらいしろよな」

「だって話し声が聞こえたのよ。あんたが寝起き早々に変なことをしてないか見にきたんじゃないの」

「息子をもっと信用しろよ」

普段どおりの会話をしてる俺たちを、海月は戸惑《とまど》った顔で見ていた。

「えっと、俺の母さん」

こんな形で海月に親を紹介《しょうかい》するのは不思議な感じがする。彼女は少しだけ姿勢を伸ばして小さく会釈《えしゃく》をした。

「はじめまして、悠真の母です。海月ちゃん、でいいのよね？　目眩だって聞いたからなにかエネルギーになるものをっていろいろと作りすぎちゃったんだけど、もしよかったら晩ごはん食べていかないかしら？　食欲はある？」

「わ、私は……」

「遠慮なんかしないで。たくさん残してもいいから、なにか口にしていって。親御さんには私から連絡しておくけど、海月ちゃんのお母さんは今お家にいる？」

いつものように弾丸《だんがん》でしゃべる母さんに海月が飲まれそうになっていたので、俺はフォローするように間に入った。

「無理しなくてもいいよ。帰るなら送ってくし」

俺はけっこうずうずうしいから友達の家の晩ごはんは喜んで食べるけれど、彼女はそういうタイプじゃない。

海月は、きっと断ろうとしてた。

でも開けっぱなしのドアからは晩ごはんの匂いが漂っていて、母さんが自分のぶんも用意してくれてることを悟《さと》ったのだろう。

「……じゃあ、少しだけ。あと、家への連絡は大丈夫です」

海月は小さな声で答えた。

リビングに移動すると、母さんが作った料理がテーブルに並んでいた。

「海月ちゃんはここに座って」

母さんに誘導されるように彼女が腰を下ろして、俺はその隣に座った。家の中に海月がいるってだけで変な感じがするのに、こうしてダイニングテーブルに腰かけている姿を見ると、いつものリビングが違う場所のように思えてくる。

「今日お父さんの帰りは八時過ぎだし、みいくんは友達のところでごはん食べてくるって」

コップに麦茶を注ぎながら母さんが言う。

「……みいくん？」

「弟。呼び方は気にしないで」

軽く流したところで、オーブンからできたてのグラタンが出てきた。

テーブルにはすでに盛ってあったシチューとチーズ春巻き。母さんの料理はどれもうまいけれど、組み合わせがおかしいところがあって、今日はさらにひどい。

「つか、乳製品ばっかりじゃん」

「カルシウムは骨を強くするのよ。それにほら、ちゃんとサラダもあるし」

見せられたのはボウルいっぱいの緑色のかたまり。

「ヤギか」

「もう、あんたはいつも文句しか言わないんだから」

やっぱり海月は俺たちのやり取りを聞いて呆気《あっけ》にとられていたけれど、礼儀正しく

「いただきます」と手を合わせたあと、少しずつ料理を食べてくれた。

そして晩ごはんを食べ終わり、俺は海月を送るために上着を羽織って玄関《げんかん》のドアを開けた。

「海月ちゃん、また来てね」

食事中、海月は俺たちの会話を聞いてるだけで自分から話したりはしなかった。けれど、自分の食器ぐらいは洗わせてほしいと台所に立ち、そういう細かい気づかいができる彼女のことを母さんはすっかり気に入ってしまったようだ。

「ありがとうございます。お邪魔しました」

海月は丁寧に頭を下げて、俺と一緒に外に出た。

十月も半ばになり、この時間の空気は冬のようにひんやりしている。空には十五夜を思わせるような丸い月が浮かんでいて、今日は北極星がよく見えた。

「疲れただろ」

休ませるために家に連れてきたはずが、結果的にいろいろと気疲れさせてしまった気がする。

「ううん。平気」

海月はごはんを食べたからなのか足元もしっかりとしていて、昼間の出来事が嘘のように血色もよくなっていた。

「お前がめし食ってんのはじめて見たよ」

友達がいない海月は学校でも誰かと食事をすることはないし、誘おうと思っても昼休みには姿を消してしまうから捕まらない。

「けっこう食べてた気がするけど、無理してた？」

「ううん。おいしかったから食べたんだよ」

「なら、毎日来てよ」

「え？」

「なんにも食べてないんじゃないかって思うより、少しでもなにか口にしてるのを見れたほうが安心する。俺が」

言葉を探すように海月の唇が動いたけれど、なにも返事をしなかった。

さっきの玄関先でもそうだ。『また来てね』と言う母さんに彼女は絶対に『はい』とは言わないし、次につながるような約束を避けているように感じる。

「……佐原が見た目と違って、私に世話を焼いたり無視しても放っておいてくれない理由が、今日わかった気がする」

「……？」

「お母さん、とっても優しい人だね。佐原がすごく温かい場所で育ったんだって、家の中の雰囲気を見て思った」

海月は物思いにふけるような目をしていた。

「……お前の家はそうじゃねーの？」

その質問に、彼女はやっぱり答えてはくれなかった。

それからしばらく歩き、分かれ道に差しかかったところで「ここまででいい」と海月が足を止めた。

「いや、ここら辺は外灯も少ないし家まで送るよ」

「平気。じゃあね」

海月は俺の心配なんて関係なしに歩きだしてしまった。

もしかしたら家を知られるのが嫌なのかもしれないし、目と鼻の先に自宅があるからここまででいいと言ったのかもしれないし、それは俺があれこれと考えていてもわからないことだ。

「……海月！」

静かな住宅街に自分の声が響く。

「なに？」

呼びかけに反応するように、海月が冷静に振り向いた。

「もしなにかあったら……。寂しいとか苦しいとか具合悪いとか腹減ったとかなんでもいいから、なにかあったらすぐに連絡して！」

「……」

「ほかのことは無視していいから、また俺がバカなこと言ってるなって流していいから、これだけは約束してよ」

　俺は言葉を知らないから、どれほど言いたいことが伝わっているかはわからない。でも、海月が頼りたい時に頼ってもいい人がいるということ。

　それだけは忘れないでほしい。

「ありがとう」

　彼女はやっぱり約束はしてくれなかったけれど、ありがとうと言った顔があの日と同じで。

　なにかをしたいのになにもできずに遠ざかっていく海月の後ろ姿を、俺はいつまでも見つめていた。


「佐原ー。居眠りしてるならお前だけ女子のチームに入れるからな」

　週明けの月曜日。教室では今月末に行われる球技大会の説明がされていた。

「いいすよ、べつに。どうせ一回戦敗退ですぐ暇になるんだし」

「こら、みんなの士気を下げるようなことを言うんじゃない！」

担任から怒られている俺を見て、クラスメイトはクスクスと笑っていた。

「男子はサッカーとか寒くね？」

休み時間になり、沢木は俺のほうに体を向けながらスマホゲームをやっていた。

うちの学校の球技大会は昔から、男はサッカー、女はバレーという決まりがあるらしい。

なんでも学年関係なくトーナメント形式で戦うようで、優勝すればトロフィーとクラス全員分の図書カードがもらえるんだとか。

正直、全然やる気はしない。だったら一回戦で負けて参加賞のジュースだけでいいかなって感じだ。

「なあ、土曜の夜に一組の女子と歩いてたって噂になってるぞ」

「え？」

「見た人がいるって。名前は知らないけど、岸さん。さえないほうの」

さえないは余計だろと思いながらも、俺は「へえ」と聞きながす。

「佐原が地味な岸さんといるわけないって笑ってる女子と、最近佐原の雰囲気が変わったのは岸さんにたぶらかされてるからだって怒ってる女子と、意見は半々なんだけど、どっちが本当なんだよ？」

「……どっちも本当じゃねーよ」

一緒に歩いてはいたけれど、あいつは地味じゃないし、たぶらかされているなんてもってのほかだ。

「ふーん。まあ、俺は男だから佐原が誰と仲よくしようとなんにも思わないけど、気をつけろよ。お前のことを狙《ねら》ってる女子って、けっこうヒステリックなヤツが多いからさ」

そういえば、前にテレビで見たことがある。彼氏が浮気《うわき》した場合、女は裏切っていた男を恨むんじゃなくて、浮気相手を恨むそうだ。

べつに俺は誰とも付き合ってないし、なにかを言われる筋合いもないけれど、恨みの矛先《ほこさき》が海月に向くのは非常にまずい。

「ほら、噂をすれば」

沢木の視線がスマホから窓の外に移った。そこにいたのは、中庭を歩く海月の姿。めずらしい。普段はあんまり人目につく場所には来ないのに。

……あ。

俺は〝あるもの〟を見つけて、急いで中庭に向かった。海月は植え込みに手を伸ばしてなにかを取ろうとしていた。

「俺が取るから」

横から身を乗り出してつかんだのは、片方の上履きだった。

慌ててここに来たのは彼女の左足が靴下《くつした》しか履いていなかったことと、植え込みに白い上履きが投げ捨てられていることに気づいたからだ。

おそらく海月も教室の窓から自分の上履きを見つけたんだろう。

「ケガしてない？　つか、靴下汚《よご》れてんじゃん」

「平気。気にしないから」

彼女は靴下の裏の土埃《つちぼこり》を手で払《はら》ったあと、拾った上履きを無言で履いた。

普段中庭を通る時は外履きを使うけれど、下駄箱を経由すると時間がかかるので、俺と同じように一階の通用口からそのまま出てきたのだと思う。

「誰にやられた？」

「知らない、朝来たら片方だけなかった」

さっそくかよと、俺は頭を抱えた。

「ごめん。これ俺が原因かも」

断定はできないけれど、タイミング的にその可能性は高い。

「そうなんだ。大丈夫。見つかったから」

「え、おいっ……」

海月はいつにも増して機械的な返事だった。

上履きを隠されたことに怒っているのかもしれないし、俺との噂が耳に入って距離を置こうとしているのかもしれない。

……はあ、なんなんだよ。

一緒にめし食って、途中までだけど帰りも送って、これから徐々にって思っていた矢先だったのに。

「佐原くん」

と、その時。背後から声をかけられた。振り向くと、そこには岸美波が立っていた。

「ここ、各教室から丸見えだから目立ったことをすると、また変な噂が立っちゃうよ？」

海月はすでに校舎に入ったので姿はない。ということは、海月と一緒にいた時からどこかで見ていたってことになる。

「もしかして、噂を流したのってお前？」

「えー違うよ。塾《じゅく》の帰りに目撃したっていう三組の子でしょ」

岸のように鼻にかかったような声を出す女子は信用しないって決めてるけれど、嘘をついていると断言することもできない。

「なんで佐原くんって最近、岸さんにちょっかい出すの？」

「は？」

「だって岸さんと佐原くんって全然合わないじゃん。私、岸さんと同じクラスだからどんな子か知ってるけど、物静かでひとりが好きっていうタイプだよ」

これでも一応、海月を目立たせないように気をつけていたつもりだったけれど、俺の注意が足りなかったと今は反省してる。

でも最後のセリフだけは、どうしても聞きのがすことができない。

「それ本人が言ったの？」

「……え？」

「ひとりが好きなんて、あいつが言ってないなら勝手にそうだって決めつけるなよ」

海月がどんな性格なのか俺も知ってるわけじゃない。でも、あいつのことはあいつに聞くし、憶測で語ってほしくない。

とくに、海月のことだけは。

「バカみたい、ムキになっちゃって」

岸は不機嫌そうに声を低くして、俺の横を通りすぎた。

……あれ？

ふわりと風に乗って香ったのは、柔軟剤《じゅうなんざい》とシャンプーが混ざり合ったような柑橘系《かんきつけい》の匂い。

それは、俺が勝手に海月の匂いだと思っているものと同じだった。

偶然？　それとも……。

『佐原がすごく温かい場所で育ったんだって、家の中の雰囲気を見て思った』
なぜかふと、その言葉を口にした海月の切ない瞳を思い出していた。

きみと迎えた三回目の朝

温かい場所にいれば、人は温かくなる。

優しい人に囲まれれば、人に優しくなれる。

愛情をたくさん注がれたら、人に愛情を分けてあげられる。

それは佐原を見て、学んだこと。

学んで、知って、気づいた。

だから、私はこんなに冷たいんだって。

温かさから、優しさから、愛情から遠い場所にいることを、きみの隣にいると私はひどく再認識してしまう。


家に帰ってきた私は汚れたジャージを洗面所で手洗いしていた。

実は上履きだけではなく、ジャージも教室のゴミ箱に捨てられていて、飲み残しの牛乳がべったりと付いてしまった。

今までもこうして嫌がらせをされることはあった。

影が薄いということはなにをしてもいいと思われているのと同じ。病気になる前も感情を高ぶらせることなく過ごしてきたけれど、病気になった今のほうが私は理性的で落ち着いている。

それは、きっと自分の終わりが見えているからだ。

先の見えない未来を追いかけるより、よっぽど現実思考に変わった気がする。

「ねえ」

背後から声がして顔を上げると、鏡に美波が映っていた。美波は私の手元を確認するように、洗っているジャージに目を向けた。

「それ、やった犯人知ってるよ。教えてほしい？」

「……べつに」

「あんた目つけられてるよ。佐原くんを狙ってる女子から」

上履きとジャージを捨てた人が同一人物かはわからないけれど、おそらく佐原と親交のある誰かということはわかっていた。

でも正直、被害者《ひがいしゃ》なのにさほど犯人に興味はない。知ったところでどうするわけでもないし、上履きだって拾いにいけばいいし、ジャージは洗えばそれですむことだ。

……でも、意外だ。

私のことに関して、絶対に首を突っ込んでこない美波が自らこんなことを言ってくるなんて。

「……心配してくれてるの？」

「まさか。忠告してんの。あんたが妬《ねた》まれて後でもつけられたら私とのことがバレるでしょ？」

そうだろうと大方予想はしていたけど。

「平気。べつに佐原とはなんにもないから」

そう、私たちは妬まれるような関係ではない。

……あの日だけ。あの瞬間だけ、ふたりしか知らない時間を共有したけれど、本当にそれだけ。

それ以上のことはないし、これからもそうだ。

「ふーん」

美波は勘繰《かんぐ》るような声だったけれど、深くたずねてこなかった。

「あんたさ、前に自分は春までにはいなくなるって言ってたじゃん。あれなに？　面倒見てくれる男でもつかまえたの？」

美波の言葉に動じるそぶりは見せずに、水を張っていた洗面所の栓《せん》を抜いた。ゴポ、ゴポゴポ……と、排水溝《はいすいこう》に吸い込まれていく水を一点に見つめる。

「シカト？　聞いてるんだから答えなさいよ」

死ぬから、なんて言えないし、言うつもりもない。

鎮痛剤《ちんつうざい》の効果しかない病院の薬代は、バイトをやめたあとでもなんとかあるし、自分の数少ない荷物は時期がきたら捨てるなり売るなりして整理するつもり。

それからは学校に退学届けを出して、電車に乗ってどこか遠くの町に行って誰にも知られずにこの世界からいなくなる予定だ。

誰かに話せば、なんて無謀《むぼう》で計画性がないんだと笑われるくらい幼稚《ようち》だということはわかっている。

曖昧でうまくいく保証もない予定を私は爆弾《ばくだん》を抱えた頭で毎日繰り返し考えては、いつの間にか明るくなっていく外をぼんやりと眺める。

それが私の夜の過ごし方であり、私の朝の迎え方だ。

「ねえってば！」

腕組みをしてる美波が苛立ったように返事を急《せ》かしてきた。

答えたくないことは押しだまる。都合の悪い質問には目を合わせない。一度も開いたことのない心の扉は相変わらずなのに、私はこういう時の対処法をいくつか知っている。

「なんでそんな派手な化粧《けしょう》するの？」

「は？」

相手の気持ちを逆なですることで簡単に話題は逸れる。

なにに対しても無関心なくせに、ズル賢《がしこ》さだけはしっかりと学んでいるなんて、笑いたくても笑えない。

「家でいる素顔のほうがいいよ」

美波は周りの友達に合わせている。濃《こ》い化粧も髪色もアクセサリーも、全部。

「あんたのそういうところがムカつくのよ」

美波は怒って自分の部屋に上がっていった。

これでいい。好かれるより、嫌われていたほうがずっと楽だ。

なのにあいつは……。

『寂しいとか苦しいとか具合悪いとか腹減ったとかなんでもいいから、なにかあったらすぐに連絡して！』

私が話を逸らしたり無視したりしても、歩み寄ろうとしてくる。

約束なんてしない。連絡なんてしない。ましてや、守れもしない約束なんて、絶対にしない。


それから一週間がたって、今日は学校行事の一環として球技大会が行われる日。女子の更衣室になっている教室に男子の姿はなく、みんなジャージに着替えていた。

「ねえ、誰かゴム持ってない？　髪の毛結びたいのに忘れちゃってさ」

「あるよー。貸してあげる」

面倒くさい、だるいと口をそろえて言っていた派手なグループの人たちもなんだかんだやる気のようだ。

「美波、一緒にいこう。途中で男子のサッカー見にいく？　うちのクラスの応援《おうえん》じゃなくてイケメンを拝《おが》みに」

「はは、いいよ。昨日三年の先輩と電話してて、打ち上げは俺らのところにおいでよって言われたよ」

「え、もしかして二組の先輩？　いいなあ。私も行く！　っていうか美波についていくから」

きゃっきゃと騒がしい中心には必ず美波がいる。周りの友達同様に美波の化粧は今日も派手だった。もちろん私と目を合わせることなく、大人数を引きつれて廊下に出ていった。

……はあ。私も着替えなくちゃ。

女子はバレーだし、ボールが頭にあたったらヤバいどころか、そのまま死ぬ可能性もある。

一応、先生には休みたいと伝えたけれど、もうチームを振り分けているし、正当な理由がない限りは認められないと流されてしまった。

私は登校途中で買ったミネラルウォーターのフタを開けて、カバンから小さなポーチを取り出した。

中には小分けにした複数の薬が入っている。飲んでも飲まなくても寿命《じゅみょう》は変わらないけれど、体育館で倒れて騒ぎは起こしたくないから、私は五つの薬を喉の奥へと一気に流し込んだ。

「皆《みな》さんおはようございます。今日は待ちに待った球技大会の日です！」

全校生徒はいったんグラウンドに集められて、体育委員による開会式が始まった。大嵐《おおあらし》にでもなって中止になったらよかったのに、残念ながら空は快晴。秋の終わりと冬の始まりが混ざり合ったような風の匂いが鼻をかすめる。

球技大会への憂鬱な気分がぬぐえないまま開会式は十分程度で終了《しゅうりょう》した。女子は体育館へと移動を始め、男子はサッカーなのでそのままグラウンドに残っている。

「なあ、優勝したら担任がめしおごってくれるって！」

「マジ？　なんでもいいの？」

男子たちもやる気がある人とそうじゃない人との温度差がすごかったけれど、美波と同じように騒がしいグループの中に必ず佐原もいる。

男子が焼き肉か寿司《すし》かで盛り上がっている中、彼は眠たそうにあくびをしていた。

べつに見つめていたわけじゃない。

でも、ふいに目が合って『お、海月』なんて声をかけてくると思っていたのに、先に目を逸らしたのは佐原のほうだった。

まるで私のことを避けるみたいに「あっちに行こうぜ」と、仲間を連れてどこかにいってしまった。

……なに、あれ。

いつもこっちが迷惑がったって、関係なしに寄ってくるくせに。

上履きを植え込みから取ってくれた時、少し冷たくしすぎただろうか。

だって、佐原の家に行ったり、晩ごはんを一緒に食べたり。私が望んだことじゃなくても距離が近くなっている気がして、一線を引きなおすつもりで冷たく接した。

怒っているのか。それともただ単に私にかまうことをやめただけなのか。

どっちにしても都合がいい。

早く佐原が離れてくれないかなって思ってたし、友達になろうと宣言されて、友達だからといいように言葉を武器にされたら厄介だなって思ってた。

だからべつにこれでいいはずなのに、胸が一瞬だけチクリとした。なにかが刺《さ》さっているわけじゃないのに、なぜか痛みを覚えた。

グラウンドの奥へと歩いていく彼の背中を目で追いかけたら、また痛みを感じたけれど、その原因は探さなかった。

体育館にはすでに白いネットが張られていた。中央で間仕切りされた空間には四つのコートがあり、同時に四試合ができる。私たち一年一組の対戦相手は同学年の五組だった。

一回戦に出るチームには美波がいて、「がんばろうね」とリーダーのようにみんなに声をかけている。

私はそんな雰囲気を遠ざけるために、応援組が待機するステージの端にちょこんと腰を下ろした。

体育館にホイッスルが鳴り響くと、各コートで試合が始まった。

「がんばれー!」「落ち着いて!」と、一致《いっち》団結するクラスメイトを横目に、私はやっぱり浮いていた。

結果は美波を中心に勝利して、私たちのクラスは二回戦目に進むことになった。

「ねえ、次って岸さん出るんでしょ」

「うわ、実質六対五じゃん。せっかく美波ががんばって勝ち抜いてくれたのに、負けたら最悪なんだけど」

私は聞こえていないふりをして、コートに立った。

クラスメイトが言っていたとおり、私が出た試合はあっさりと負けた。相手が三年生で、しかもバレー部がふたり。

私以外の人はボールを懸命《けんめい》につないでいたけれど、私がボールに触れたのは自分のサーブが回ってきた時だけだった。

「っていうか最後、岸さんが取ってれば絶対につなげられたよね！」

「本当、本当。やる気ないなら出なくていいし、むしろ役立たずで邪魔だった」

私以外の人たちもたくさんミスをしていたし、どんなにねばっても点差が広がりすぎて、あきらかに追いつくことは不可能だった。でも、負けたことをなにがなんでも私のせいにしたいのだと思う。

その不満が人から人へと伝わって、最終的にはクラスメイトの女子全員から私は睨《にら》まれてしまった。

そんな空気に耐えられるわけもなく、逃げるように体育館から出た。

……あれは拾わなかったんじゃない。拾えなかったんだ。

目の前に飛んできたボールさえもかすんで見えてしまうなんて、頭の爆弾のせいでいろいろなところが壊れていく。

ズキン、ズキンと波打つ痛み。

もうどこが痛いのかわからないけれど、少し休まないとヤバいかもしれないと思って、私は人けのない校舎へと入った。

教師や生徒が出払っている校内はとても静かだった。

保健室はケガをした人が来そうだし、非常階段は外だから寒い。とりあえず教室に向かおうと足を進ませていると、一組から声が聞こえてきた。

「ねえ、なんにも入ってないよ」

開いている扉からそっと中を確認すると、そこにはほかのクラスの女子たちがいた。なんで一組にいるんだろうという疑問はすぐに消えた。女子たちが囲んでいたのは私の席だった。

「やっぱり、いくらぼっちでも財布とかスマホは置きっぱなしにしてないよね」

あさっていたのは私のカバン。貴重品は持ち歩くようにしてるからお財布もスマホも手元にある。

「ＩＤ盗んで情報とか流失させてやろうと思ったのにさ」

「はは、やりすぎ」

「だって私この前、悠真に告って振られたんだよ？　なのに悠真と噂になってる相手がこいつなんて納得できないじゃん」

もしかしたら一連の嫌がらせをしていたのはこの子かもしれないと、直感で思った。

こういう場合はどうしたらいいんだろう。

教室に入っていって、佐原とはなにもないと伝えたところで、私のものを盗もうとしてる人が静かになるとは思えないし。私にかまっても時間の無駄だよなんて言えばもっと怒りを買ってしまいそうだ。

「あー本当にムカつく！」

ガンっ！と、感情のままに私の机が蹴られた。すると廊下から足音が聞こえてきて、思わず柱の裏側に身を隠す。

静寂《せいじゃく》の中で響く音は、一組にいる女子に気づいたように教室の前で止まった。

「なにしてんの？」

……ドクン。

その声を聞いた瞬間、心臓が大きく跳ねた。

柱の陰から確認すると……歩いてきたのは佐原だった。

「え、ゆ、悠真っ」

教室の様子はここからじゃ見えないけれど、慌てた女子の声だけはここまでしっかり届いてきた。

「そこ海月の席だろ？　なにしてんのって聞いてんだけど」

佐原の声がいつもより低い。

「な、なにしてるってべつになにも。ね？」

「うんうん。うちらはただ友達に頼まれたものを取りにきただけで……」

「それであいつのカバンをあさってんの？　おかしいだろ」

どうやら彼は女子たちのそばにあったカバンが私のものだと気づいたようだ。

「っていうか、なんで悠真があの子のことをかばうの？　最近、みんなで夜遊びしててもどこか上の空だし、悠真は変わったたって陰で言われてるよ。それってあの子にかまうようになってからでしょ？」

言いのがれできない状況に、女子は開き直っていた。

「今まで悠真が仲よくしてきた女子と全然タイプが違うし、そんなに気にするほどの子でもないじゃん」

「それであいつに嫌がらせしてんの？」

「したってべつにあの子は気にしないでしょ。感情あるのってぐらい、いつも真顔だし」

「だからって、あいつが傷つかないと思ってんの？」

佐原の言葉に、自然と手を握りしめていた。

女子たちの言うとおり、私はこのぐらいじゃ気にしないし、表情もめったに動かない。

佐原が現れなければ鉢合わせしないようにやり過ごして、教室に入ろうと思ってた。

そう、思えるくらい冷静だったはずなのに……。

「またこういうことをしたらマジで許さねーから」

彼が怖いくらい真剣に怒っているから、また自分の知らない感情が生まれてしまっただけ。

「わ、わかったわよ」

女子たちは逃《に》げるようにして、一組から出ていった。

「……はあ」

再び静かになった廊下で、佐原がため息を吐く。

顔を出すべきかそれとも——。

あれこれと迷っていると、ポケットの中のスマホが鳴った。しかもちょうどポケットの位置が壁と密着していて、ブーブーブーという鈍《にぶ》い音が廊下に響いていた。

「立ち聞きかよ」

ハッと気づくと、スマホを耳にあてている佐原に見つかっていた。

彼が画面をタップすると、私のバイブ音が止んだ。きっと佐原は私に電話をかけていたんだろう。

「いつからいた？」

「……最初から」

「じゃあ、全部聞いてた？」

「うん」

でも、決して立ち聞きをしようと思ってたわけじゃない。ただここから出ていくタイミングを見失っていただけで……。

「カバン。取られてるものがないか一応、確認して」

「……うん」

「俺のせいで本当にごめんな」

なにそれ。それを言うなら私でしょ。

私と関わったせいで、今まで築いてきた佐原の交友関係に亀裂《きれつ》が生《しょう》じている。

私よりもずっと彼のことを知っている友達が、佐原の変化についていけてない。

「私にかまうのやめたんじゃなかったの？」

「え？」

「開会式のグラウンドで……」

言いかけた唇を途中でやめた。なんとなく、ずっと気にしていたんだって思われるのが恥ずかしかったから。

「あーだって人がいっぱいいたし」

また胸がチクリ。

「いや、人がいるところで海月と話したくないとかじゃねーよ。でも、お前に迷惑かかってまた変なことをされるんじゃねえかって思って……」

だから声をかけずに目を逸らした。そう言いたそうに佐原は頭を強くかいた。

「でも俺が気にしてもやるヤツはこうしてやるってわかったから、もうしない。たった一瞬お前のことを避けただけで、試合中もそればっか考えて……。ダサいくらいハンドして、一発退場したよ」

彼はなにも隠さない。

自分が思ったことをなにも隠さずに言う。

私がいちばん、不得意なことだ。

心が、引き寄せられていく感覚がした。

……なに、これ。なんなの。

ここではっきりと一線を引かないと、手遅れになる。

そう思った。

「さ、佐原……」

「帰ろう」

突きはなそうとした手は、いとも簡単につながれてしまった。

「このまま早退して一緒に甘いもんでも食おう。なにがいい？　パフェ？　クレープ？　それともパンケーキ？　いいよ、なんでも」

「な、なに言ってるの？　行かないよ。佐原は終わったあと打ち上げもあるでしょ。あんたがいなかったらみんな……」

「いいんだよ。俺は海月といたい」

今まで幾度《いくど》となく逸らしてきた佐原の瞳。

はじめてまっすぐ重なり合って、なんて綺麗なんだろうと、逸らしたくてもできなくなった。

「行こう」

彼が優しく私の手を引く。

ねえ、ズルいのは私のほうかもしれない。

〝佐原と一緒にはいられない〟

〝きみを巻き込みたくない〟

〝これ以上はダメ〟

そうやって喉まで出かかっている言葉がいくつもあるのに、私はなにひとつ言わないまま歩いている。

心臓って、胸にあるんじゃなかったっけ。

つかまれている手が熱くて、ドクンドクンって、ものすごく脈を打っている。

早く静まって。じゃないとバレる。

――『あいつが傷つかないと思ってんの?』

泣きそうになったこと。今も、我慢してること。

なんで佐原はそうやって、私がどこかに置いてきた感情を簡単に拾ってきてしまう

のだろうか。

その日の夕方、私はバイト先にいた。

あのあと、私たちは本当に早退して、おいしいと評判のケーキ屋に入った。

店内で紅茶を飲みながら私はショートケーキを注文して、佐原はチョコケーキとレアチーズケーキ、さらにいちごタルトとマカロンをふたつ頼んだ。

そんなに食べるのってビックリしたけれど、彼はあっという間にすべてを完食してしまい、かなりの甘党だということを知った。

佐原はいろいろな話をしてくれた。

いつも遊んでいるバッティングセンターの話や、ハンバーガーショップで友達とどれだけ食べられるか競い合った話。

それから中学生の時にひと目惚《めぼ》れした教育実習の先生の話や、学校に忍《しの》び込んで連続三日間泊《と》まった話。

どれも佐原は楽しそうにしゃべって、私はどれも大切に聞いた。

彼と違って私はケーキをひとつしか食べてないのに、今も甘い味がずっと口の中に残っている。

「海月ちゃん」

「え、は、はい」

洗い物をしていた手を止めて振り向くと、清子さんがカウンターから顔を出していた。

「これから十人のお客さんが来るから、たまってるそば皿とどんぶりを優先して洗ってもらえる？」

「わかりました」

……十人か。会社関係の団体かな。

私がバイトを始めた頃よりも店はにぎわっている。

味のよさと清子さんや将之さんの人柄に惹かれて常連になる人も増えてきたし、口コミの評判もいいから来てみたという一見《いちげん》さんも多い。

早く洗わなきゃ。私は年内でやめるから、せめてそのあともたくさん客が来てくれるようにミスはしたくない。

「……う」

と、その時。急に吐き気に襲われた。

「大丈夫ですか？」

異変に気づいて駆け寄ってきたのは、追加の食器を運んできた三鶴くんだった。

「平気、う……っ」

「いや、平気じゃないですよ。俺、皿洗い代わりますから岸さんは休んで……」

「い、いい。ホールも人が足りないでしょ。早く行って」

「でも」

「大丈夫だから、お願い」

強く言い返すと、三鶴くんは「わかりました。でもまた見にきます」と言って仕事に戻っていった。

山積みになっている食器。店に入ってきた団体客の声。

頭がグラグラして、私はたまらずトイレに駆け込んだ。

おいしく食べたケーキが一気に喉まで上がってくる。

吐きたくない。

吐いたら楽になることはわかっているけれど、吐きたくない。

「……っ」

結局私は我慢しきれずに、吐いた。

視界が涙でぼやけて吐き出したものは見えなかったけれど、空っぽになってしまったお腹が寂しくて。

佐原と食べたケーキが無駄になってしまったことが、悔《くや》しかった。

吐いたら嘘みたいに体調は落ち着いた。

薬の副作用、脳腫瘍の症状。吐き気はよくある。めずらしいことじゃない。

でも……。

病気だということを忘れるなって、誰かに言われてる気がした。

私は立ち上がって、涙を拭く。

今日佐原に無視されてモヤッとしたことも。

私のために怒ってくれて胸がぎゅっとしたことも。

『いいんだよ。俺は海月といたい』

はじめて感じた、鼓動の速さも。

私は全部、吐き出したものと一緒にトイレに流す。

手の消毒をして仕事に戻った。たまっていたお皿をすべて洗い終える頃には、もう口の中に甘さは残っていなかった。

＊＊＊

求めれば求めるほど、海月を苦しませている気がしていた。

知りたいと思うのは、そばにいたいと思うのは、俺の一方的な気持ちにすぎない。

なぜそう思うのか。

危うい から？ 心配だから？

どっちでもない。

誰よりも海月が弱いということを俺は知っているから。


球技大会から二日目の夜。久しぶりに弟と家の中で会った。

「兄ちゃん。やっぱり母さん役員会議が長引きそうだって。晩ごはんどうする？ 適当に食べてって連絡きてたけど」

「んーカップラーメンでよくね？」

「じゃあ、お湯沸《わ》かすから先に進んでて」

俺はソファに寄りかかってコントローラーを動かした。

遊んでいるのはゾンビを倒していくサバイバルゲーム。意外と奥が深くて中毒性が高いらしいけれど、俺は弟と違ってゲームにのめり込んだりはしない。

「兄ちゃん、味噌でいい？ 俺醤油《しょうゆ》がいいんだけど」

弟がお湯を入れたカップラーメンを持ってきた。

「うん。これ三分？」

「五分。あ、なんでそっちに進んでんの？ ゾンビうじゃうじゃいるから絶対死ぬルートだよ」

「マジで。じゃあ、早く助っ人にきて」

リビングに激しいゲーム音が鳴り響く。普段、弟と密な会話はあまりしない。こうして一緒にゲームをやってもお互《たが》いの近況報告はしないし、学校のことも聞かない。

でも最近、気になることがひとつだけある。

「なあ、お前、バイトしてるだろ？」

聞いた瞬間、弟が動かしていたキャラクターが止まった。

「インドアなお前が最近友達の家で勉強してくるって夜まで出かけて、おまけに晩めしもいらないとか言う日もあるし、普通におかしいだろ」

まあ、母さんは微塵《みじん》も疑ってないみたいだけど。

「健全に受験勉強してるかもしれないじゃん」

「お前にそば屋の友達はいねえ」

「なんでそこまで……」

「俺の嗅覚なめんな」

帰ってくる弟の体から毎回そば屋の匂いがぷんぷんしていた。おそらく欲しいゲームかなにかがあって始めたんだろうけれど、まだ中学生だし法律ではバイトができる年齢じゃない。

「なんで年ごまかしてまでやるかね。高校入ってからならいくらでもできるのに」

「いくらでもできるのに兄ちゃんはやらないね」

「……俺は勉強に、いそ、いそ……んでるんだよ」

「いそしんでる、ね。慣れない言葉は使わないほうがいいよ」

相変わらず頭だけは賢くて困る。ちょうどゾンビにやられてゲームオーバーになったので、俺はカップラーメンのフタを開けて麺《めん》をすすった。

「食べにくれば。たぶんサービスできるよ」

「そばアレルギーの俺を殺す気か」

好き嫌いなくなんでも食う俺が唯一ダメなものがそば。体が受けつけないというか、生まれつきそういう体質だ。

「味はどれも評判がいいんだよ。この前のそばもうまかったな。満月そば」

「……は？」

思わず箸を止めた。

「卵がふたつ入ってるから、月見じゃなくて満月だって」と、弟は空中に満月という漢字を書いてみせた。

「いや、なんで〝まんげつ〟って書いてそれが〝みづき〟になんの？」

「それは岸さんの名前が……」

ガシッ。俺は器用に右手でラーメンを持ち、左手で弟の胸ぐらをつかんだ。

「な、なに、痛い」

「え？　今なんて言った？　岸？　え？」

動揺《どうよう》しまくる俺を見て、弟は「ラーメンがこぼれるだろ」と手を払いのけた。

「俺のバイトの先輩が岸海月って名前だから、満月と海月をかけてるんだよ。なんでそんなことでムキになんの？」

……同姓同名《どうせいどうめい》？

いや、ここら辺じゃ岸って名字もそうそういないのに、名前まで一緒なんてありえない。

普段使わない頭で整理しながら、俺はいろいろなことを組み立てる。たしかこの前のケーキ屋で話してた時に、『家まで送る』って言ったら『寄るところがあるから』と、しきりに時間を気にしていた海月と店の前で別れた。

もしかして、寄るところってバイト？

あいつがバイトしてても不思議じゃないし、学校でも禁止されてるわけでもない。

でも弟と海月が同じそば屋でバイトをしてる？

こんな偶然あるんだろうか。偶然を通り越して少し怖いくらいだ。

「……向こうってお前の名字知ってる？」

「さあ、知らないんじゃない。みんなには下の名前で呼ばれてるし、聞かれない限りフルネームなんて名乗る時代じゃないよ」

たぶん、海月はまだ気づいていない。俺に弟がいることは知ってるけれど、なにもたずねてこなかった。

でも、いろいろとタイミングがよすぎて俺が仕組んだと思われないか？

ただでさえ弟は年をごまかしてやってるし、俺があいつと接点を持つために弟を送り込んだって……。

いや、そこまでは思わねーよな……いやいや、でも可能性はゼロじゃない。やっと打ち解けはじめてるっていうのに、こんな理由で引かれたら立ちなおれない。

「三鶴。お前、海月から名字聞かれるまで名乗るなよ」

弟は俺の言動を見て、なにかを察したような顔をした。

「もしかして岸さんと兄ちゃんって同じ学校？」

「まあな」

「そう、だったんだ……」

なんだか急に歯切れが悪くなって、俺は兄としての勘を働かせる。

「まさかお前、海月のこと……」

「違う違う！　ただこの前ちょっと様子が変だったから」

「変って？」

弟は考えるように無言になったけれど、「でも大丈夫って言ってたし、そのあとは普通だったから俺の思い過ごしかも」と、勝手に話を完結させてしまった。

次の日。俺は母さんに叩き起こされて、めずらしく余裕を持って学校に向かった。

「悠真おはよー」

「佐原、数学の課題やった？」

俺を見つけるなり声をかけてくる友達と歩いていると、視線の先に海月の姿を発見した。

彼女はいつ見てもどこにいてもひとりきり。声をかけられるわけでも、声をかけるでもなく、淡々と歩き進めるスピードはいつも速い。

「おはよ」

俺は追いつくために小走りで近づいた。

海月はすぐに横目で俺のことを見たけれど、迷惑そうな顔をして足早に昇降口へと入ってしまった。

彼女に無視されることには慣れている。でもこの前は一緒にケーキを食べにいったし、三時間くらい向かい合ってしゃべった。

だから少しは距離が縮まったんじゃないかって期待してたのに、あの日以来、海月はずっとこの調子だ。

廊下で見かけても俺から逃げるように隠れてしまうし、メッセージには〝既読〟すらつかない。

なんだかまた振り出しに戻ってしまったような気がする。

「……はあ」

騒がしい教室で自分のため息だけが、ひと際《きわ》大きく聞こえた。『お菓子《かし》食べる？』なんて集まってくる女子をスルーして、木枯らしが吹く外の景色を見つめる。

「朝からため息吐くなよ。五回目だぞ」

スマホをいじってる沢木があきれた顔をしていた。

「いちいち数えるなよ」

俺が六回目のため息を吐いたところで、「お前、マジなの？」と沢木が主語もなにもないことを聞いてきた。

「なにが？」

「さえないほうの岸さんにマジなの？」

海月と俺が一緒に歩いていたという噂は半信半疑のまま、あまり広がることもなく消えた。

でも彼女のことを目で追っているのは、俺のそばにいる友達なら気づくだろうし、行動を共にすることが多い沢木はなおさらにそうだ。

「……さえないは余計だよ」

ぼそりと言い返すと、誰かに肩を叩かれた。

「悠真、ちょっといいかな」

気まずそうに声をかけてきた女子は、球技大会の日に海月のカバンをあさっていたひとりだった。

「なに？」

俺たちは人けがない場所へと移動した。べつに話だけなら教室でもよかったけれど、「渡したいものがある」と言うから、仕方なく。

「まだ怒ってるよね……。本当にごめん」

怒ってるもなにも、俺は海月に嫌がらせしたことを許すつもりはない。

実はこいつとは夜遊び仲間で、『私と付き合おうよ』と軽い感じで言われたことが何度もある。

気を持たせると面倒になることはわかっていたから、『付き合う気はない』とこの前はっきり断った。

……きっとそれが嫌がらせの引き金になってしまったんだと思う。

「謝る相手が違うだろ」

引きずって海月の元に連れていってもいいけれど、そんなことあいつは望んでない。

「で、渡したいものってなに？」

苛立ったように聞くと、女子は後ろ手に持っていたものを差し出してきた。

「……あの時、慌てて持って帰っちゃったの」

それは、薄水色のポーチだった。

「な、中身はもちろん見てないからね」

「当たり前だろ」

そう言ってポーチを受け取った。

なくなっていることには当然海月も気づいただろうし、言わないだけですごく困っているかもしれない。

とりあえずメッセージだけでも送っておこうとポケットからスマホを取り出したら、女子から制服をつかまれた。

「私、悠真に嫌われたくない……っ」

たぶんあれ以来、嫌がらせはしてないみたいだから、自分なりに反省したんだと思う。でも俺は……。

「嫌ってない。でも、陰であいうことをしてるヤツと遊ぶ気もないから」

突きはなすような言い方をすると、女子はすぐに瞳を潤《うる》ませた。

「悠真はあの子のことが好きなの？」

「………」

なんでみんなすぐに結論《けつろん》づけようとするんだろうか。

たしかに海月のことは少し気になる人から、どうしようもなく気になる人に変わって、今はたぶん、それ以上。

でも気持ちを認めてしまったら、もっと突っ走ってしまう気がしている。

「あ、あの子、絶対なんか変だと思う」

「は？」

「……私、その、生理不順で毎月病院に薬もらいにいってるの。変な誤解されたくないから知り合いに会わないように隣町まで。そこ、産婦人科とか内科とか外科とかいろいろ入ってる大きな大学病院なんだけど、たまにいるよ、あの子」

「だからなんだよ？　病院ぐらい行くだろ。風邪とかで」

「違うよ。だってあの子が順番待ちしてる待合室は……脳神経外科だもん」

……ドクン。心臓が大きく鳴った。

「いつも青白い顔してるし、絶対ヤバい病気だと思う」

「決めつけんなよ」

「だって脳神経外科なんて普通は受診しない……」

「黙れ!!」

俺は女子に向かって一喝《いっかつ》した。

憶測で決めつけていいことと悪いことがある。

いくら海月のことが気に食わないからって、ヤバい病気だと言うこいつの頭のほうがヤバい。

「もういい。ポーチは渡しておくからお前は教室に戻れ」

これ以上話していたら本気でキレてしまいそうだ。

「悠真。あの子のことは好きにならないほうがいいよ。いくらこんなこと言ったって悠真は私のことなんてもう信じないだろうけど、いつか後悔すると思う。……忠告はしたからね」

女子が去っていったあと、俺は荒ぶった気持ちを落ち着かせるように、壁に寄りかかった。

【ポーチ、預かってる】

返事はこないかもしれないけれど、海月にメッセージを送った。

〝脳神経外科〟

消えては浮かんでくる単語に苛立っていると、手の中にあるスマホが鳴った。

【今、第三音楽室にいる。すぐ取りにいく。どこ？】

たぶん海月はメッセージが届いた瞬間に表示される画面の内容を読んでいる。だから返す必要がないものは確認することなく、そのまま無視する。でも返事がきたということは、ポーチを早く返してほしいのだろう。

【俺がいく。待ってて】

授業が始まるチャイムも気にせずに、俺は海月がいる第三音楽室へと急いだ。

——ガラッ。

扉を開けると、海月は黒板を背に教壇《きょうだん》の上に座っていた。

第三音楽室は弦楽器や管楽器、打楽器などの置き場所になっていて授業で使われることはない。授業をサボる部屋として最適でも、生徒たちはあまり近づかない場所でもある。

「ここ、幽霊が出るらしいよ」

「ポーチは？」

むなしいぐらい海月に話を無視された。「ん」と、先ほど預かったものを渡すと彼女は小さな声でつぶやいた。

「……中身、見た？」

その瞳は怯えているようにも見えた。

「見てない。拾ったヤツも見てないって」

あえてカバンをあさられた時に抜き取られたということは伏せておいた。知ったところで気分がいいものでもないし、また嫌な気持ちにさせる必要はないと思ったから。

海月は俺の言葉を聞いてホッとした顔をしていた。よほど中身を確認されたくなかったようだ。

「……なあ、俺って海月にひどいことしてる？」

「え？」

「いや、なんか俺と噂されたり立て続けにいろんなことがあったら、俺と関わるのが嫌になったかなって……」

たぶん俺は海月に気持ちを押しつけている。

カッコ悪いぐらい、情けないくらい、海月のことになると余裕がなくなる。それによって正常な判断がつかない時もある。

そういうことが積み重なって海月の負担になってるんじゃないか。それは結果的にひどいことをしてるのと同じなんじゃないかって、海月の態度が冷たくなって気づいた。

「……そうだね。私は佐原のせいで目立つことが増えたし、人目を避けてきたのにじろじろ見られるようになった」

「ごめん」

だからもう関わらないでほしい。そう言われてしまうだろうと思った。

「でもひどいことはされてない。それだけは言っとく」

受け入れてくれたのか、それとも距離を置かれたままなのか、はっきりとした答えではなかったけれど、拒絶ではない。

そうポジティブに考えることにした俺は、おもむろに部屋の隅にあったグランドピアノに触れた。

ピアノは放置してると調律が狂うなんていうけれど、適当に鍵盤《けんばん》を叩くと、思ったよりは綺麗な音が出た。

様子をうかがうように教壇から離れない海月を横目に、俺は椅子に座ってピアノを弾《ひ》く。

最初は弾丸のようなアップテンポから次第にゆるやかになっていくメロディ。この題名なんだったっけ？　真夜中の……なんちゃらって感じだったけど忘れた。

そして曲が盛り上がってきたところで、鍵盤から指を離した。

山場をもったいぶってるわけじゃない。ただ単純にこの先を知らないだけ。

「……ビックリした。佐原ってピアノ弾けるの？」

海月が思いのほか目をまん丸にさせているから、かわいくて笑ってしまった。

「ガキの頃に習ってただけ。小学二年生ぐらいだったかな」

ピアノが弾けると頭もよくなると母さんが誰かに言われたようで、無理やりピアノ教室に通わされていた。

指は長いし、耳もいいから才能があるなんて先生におだてられて数カ月は続けたけれど、大きなコンクールが始まる前にやめた。

「今、弾いたのも曲調がカッコいいって自分で気に入って猛練習したんだけど、途中で飽きたからここまでしか弾けない」

俺はいつもそうだ。

昔から熱しやすく冷めやすい性格で、嫌というほど熱中しても、冷めてしまえば興味がなくなる。

なにをしても長続きしない。だからいい加減だってよく言われる。

そうやってフラフラとやりたいことをやって、飽きたらやめて、また楽しいことを見つけるっていう繰り返し。

うまくいってた。それなりに。

成功もしないけれど、失敗もしないような毎日だった。

でも、海月のことはうまくいかない。

なにをしても空回りしてる気がする。

「ねえ、ちょっとここに来て」

俺は海月に向かって手招きをした。

「二重奏、手伝ってよ」

そう提案すると、彼女は首を横に振った。

「私、ピアノできない」

「平気だよ。人さし指だけで一音弾いてくれればいいから」

というか、俺がもっとそばに来てほしいだけ。

海月は迷っていた。けっこうかなり、悩んでいた。でも俺の射るような視線にしぶしぶといった様子で重い腰を上げる。

「……本当に弾いたことないよ」

「大丈夫だから、ここに座って」

体を左側に寄せると、海月はスペースの空いた右側に座った。

「音楽の教科書にものってる曲だから知ってると思う。海月はそこの鍵盤だけ弾いて」

「どうやって」

「こうやって」

一拍《いっぱく》の頭の位置を教えるように弾いてみせると、彼女は「わかった」と、指を鍵盤にのせた。

俺の合図で始まる海月との二重奏。第三音楽室に心地いいメロディが流れる。

きっとこの心地よさは海月が隣にいるからだ。

なのに、どうして。

『だってあの子が順番待ちしてる待合室は……脳神経外科だもん』

どうしてこんな時に思い出すのか。

黙れと言葉を跳ね返すようにして怒鳴ったのに、動揺してる気持ちはちっとも静かにはならない。

「……あ」

お互いの指が鍵盤から離れて演奏が止まった。

俺がミスした。そして海月もミスした。

急に静かになってしまった音楽室と、いい感じだったのに同じところで間違えてしまったことが、なんだかとてもおかしくて。

「はは」

俺は声を出して笑った。

今は笑っておこう。笑い飛ばしてしまおう。

頭に浮かんだ不安も、全部。

「もう一回やろう。次はうまくいく」

何度振り出しに戻っても、またやりなおせばいい。

海月は小さくうなずいて、再び鍵盤に手を添えた。

その横顔が綺麗で、どうにもこうにも、やっぱりすげぇ綺麗で。

鍵盤を弾くたびにあたりそうになる肩も、触れ合えそうで触れ合えない指先も。

まだ認めないと、かたくなに考えないようにしてたことがどうでもよくなる。

海月がなにを抱えていても、なにを背負っていても、この先なにがあっても、変わらない。

俺は、海月のことが好きだ。

きみと迎えた四回目の朝

優しいところ。

まっすぐなところ。

甘党なところ。

ピアノが弾けるところ。

佐原のいろんなところを知り、適当な人だと思ってた印象がどんどん変わっていく。

肩を並べて、私はただ佐原のメロディに合わせて鍵盤を叩いた。

二回目の演奏がうまくいって子どもみたいに「楽しかった」と言う彼に〝私も〟と言いかけて、ぐっと言葉を喉の奥へとしまい込んだ。

だって、そんなものを覚えてしまったら……。

楽しいなんて認めてしまったら、耐えられなくなりそうなことが多すぎて。

ひとりになった時に、もっともっと弱くなってしまいそうで。

その日の夜。美波の提案で晩ごはんは外食にいくことになった。

私は食欲もないし、一緒に行っても邪魔だと思って断ったけれど、「たまにはいいじゃないか」という忠彦さんの言葉に押されてしまい、結局同行することになってしまった。

行き先は美波が決めたイタリアンの店だった。

店内には洋楽のBGMが流れていて、店の奥にはグランドピアノが置かれていた。論なく頭には佐原のことが思い浮かんだけれど、それを打ち消すように案内された四人掛けのテーブルに座った。

美波はひとつしかないメニューを独占していた。どうやらこの店をおとずれるのははじめてではないようで、何度かランチにも来たことがあるらしい。

「あなたワインでも飲む？」

晴江さんはドリンクメニューを忠彦さんに見せていた。

「でも帰りの運転が……」

「今日は代行を頼みましょう。私も飲みたい気分なの」

次々と食事や飲み物が決まっていく中で、私だけがこの場の雰囲気になじめずに浮いていた。

「海月はなにがいい？」

メニューを渡してくれたのは、気づかいの忠彦さんだった。

外食慣れをしていないってこともあるけれど、こうして三人と同じテーブルを囲むといまだに緊張してしまい、喉が締《し》めつけられたように食が細くなる。

「……私はサラダだけでいいです」

メニューを見る限りサラダもなかなかの量だし、食べきれるか不安だ。

「遠慮しないでいいんだよ。ほら、パスタもおいしそうだし、デザートだってたくさんあるよ」

「いえ、本当にサラダだけで」

小さく答えると、晴江さんが会話に入ってきた。

「いいじゃない。食べたくないなら無理させることないわ」

少しだけ気まずい空気が流れたけれど、頼んだ食事がすぐに運ばれてきたこともあって、また三人は楽しく雑談を始めた。

「ねえ、夏休みに入ったら旅行に行こうよ！　私、江ノ島《えのしま》に行きたい」

美波はこの店の名物として人気だというハンバーグをおいしそうに頬張っている。

「江ノ島に行くなら私は北海道《ほっかいどう》がいいわ。せっかくなら飛行機に乗って遠出したいもの」

「俺は京都《きょうと》がいいな。お寺巡りとかどう？」

「もう、意見バラバラじゃん！」

そんな話を聞きながら、私は黙々とサラダを口に入れていた。

食べても食べても減らない。残してはいけないというプレッシャーからだろうか。

なんだか胃がムカムカとしてきて、私はフォークを止めてしまった。テーブルの下でお腹を押さえても胃痛はひどくなる一方《いっぽう》だ。

精神的なもの？　それとも病気のせい？

……家を出る前に薬を飲んでおけばよかった。

「気分でも悪いの？」

うつむく私に気づいたのは晴江さんだった。

体調が悪いなんて言えない。こんなに楽しそうな雰囲気を壊してはいけない。

せっかくの外食を台無しにしてしまうと思い、私は「いえ」とすぐに答えた。

「顔色がよくないように見えるけど……」

「平気ですから気にしないでください」

注目されると余計に具合が悪くなってしまいそうだったので、つい強めに答えてしまった。

あ、と気づいた時には遅くて、晴江さんが険しい顔をしていた。

「だったらどうして下ばかり見てるのよ」

あきれたように晴江さんはワインを口に含んだ。

晴江さんは私に意地悪をしてるわけじゃない。なにを聞かれても本当のことを言おうとしない私に苛立ちを見せるのは当然のことだ。

「だいたい、あなたは……」と、晴江さんの語気が強くなったところで突然、店内が暗くなった。

キャンドルが灯ったケーキは、私たちの隣に座っていた家族の元へと運ばれていく。

店の人がお祝いの言葉を発すると、グランドピアノに腰かけた演奏者がハッピーバースデーの曲を弾きはじめた。

今日が誕生日であろう小さな女の子は、とても幸せそうな顔をしていた。

今の家に暮らすようになって、私は誕生日を六回迎えたけれど、ああやってみんなに祝ってもらったことはない。

『私の誕生日はいいですから』と、遠慮した回数も六回。断ったことが悪いと思ったことはない。だって私は家に置いてもらっているだけで十分だったから。

「……あなたは本当になにを考えてるかわからない。なにを聞いても口を閉じて、自分ひとりでなんでも決めてしまうところが本当に姉さんとそっくりよ」

……ドクン。心臓が跳ねたと同時に店内が明るくなった。

「姉さんはあなたのことをなにも相談してこなかった。なのに、なにも言わずにいなくなるなんて本当に非常識すぎる。そうやって自分勝手だから結婚も──」

「お母さん」

ヒートアップしていく晴江さんを止めたのは美波だった。

「楽しい外食なんだし、もうこの話は終わりにしよう。ね？」

美波は晴江さんをなだめるように笑顔を浮かべている。

「でも少し飲みすぎだよ。お父さんは店員さんからお水もらって。私はその間にお手洗いに行ってくるね。ほら、海月も行こう」

美波から久しぶりに名前を呼ばれた。私は手を引かれるまま席を立って、彼女と一緒に女子トイレに向かうことになった。

「勘違いしないでよね」

中に入って私の手を離すと、美波の声色がガラリと変わった。

「あんたを助けたわけじゃない。お母さん、ああなると止まらないし、店員もじろじろ見てたし、まだ料理だって半分も食べてないのに帰ってくださいなんて言われたら最悪だから」

美波は壁に背中をつけて、ため息を吐いた。

家族団らんの空気を壊してしまったこと。晴江さんがあんなふうに不満を持っていたこと。でもいちばん動揺したことは……。

〝――本当に姉さんとそっくりよ〟

私はずっと母のことを考えないようにしてた。置き去りにされた寂しさとか、自分はいらない子なんだって幼いながらに感じていた苦しさとか、そういうことを思い出すのが嫌だったからだ。

私は晴江さんが言ったとおり、母によく似ている。

ひとりでなんでもできると思っているところや、周りからの好意を素直に受け取らないところ。

誰にも頼らずやっていけると虚勢を張って、どうにもできなくなると押しつけるようにして頼むところ。

あれからずっと、父は心配して連絡をくれているのに、用がすんだらなにも返さないのがその証拠《しょうこ》だ。

自分のことなんてどうでもいいと思っているつもりでも、結局自分のことしか考えてない。

「ねえ、あんたって私のお母さんのこと苦手でしょ？」

「え……」

美波の質問が直球すぎて、私はまた押しだまってしまった。

「まあ、お母さんに限らずだと思うけど、いい機会だからはっきり言っておく。お母さん、あんたのことでいろいろと言われてるみたいなの。姉の子どもを面倒見て偉いって言う人もいれば、引き取ることで、多額の生活費をもらっているんじゃないかって言う人もいる」

「……」

「いろんな仮説を立ててああだこうだと詮索して、おまけに本当は姉の子どもじゃなくて、不倫《ふりん》した末にできた隠し子だってさ。お父さんなんてゴミ出しにいくたびに『大変ですね』なんて言われるし、私だって『仲よくやってるの？』っていちいち聞かれる」

近所の人たちが私のことを不思議そうに見てることは知っていたけれど、まさか隠し子なんてありもしないことを言われていたなんて知らなかった。

「あんたが私たちになじめないのはわかるし、気まずいのもわかるし、気づかってるのもわかる。でも、それは私たちも同じ」

美波の口調が強くなった。

「こうして外食に誘ってちょっとぐらいは形作ろうとしたって、あんたはいつもつまんなそうに黙るだけ。私たちの態度が冷たく感じるかもしれないけど、あんたにも原因があるってこと、それだけは覚えておいて」

そう言って美波はトイレのドアノブに手をかけた。

「あんたは具合が悪くなって先に帰ったって言っておくから。ね、そのほうがいいでしょ？」

「……うん」

小さく返事をすると、バタンとドアが閉まった。

ひとりきりになって、私はまたムカムカしてるお腹をさすった。

美波の言ったことが正論すぎて、なんにも言葉が出なかった。

私は家に置いてもらっているという罪悪感を抱えたまま暮らしている。

小さい頃から自分は必要ない存在だと思っていたから、私が望まれないのは当然で。美波や晴江さんや忠彦さんからも望まれていないという意識だけは十歳の時から強くあった。

だから、なにを話していいかわからなくて、どういう顔をして接したら正解なのかがわからなくて……。

歩み寄ろうとしてくれた出来事がいくつもあったけれど、私はそれらを素直に受け取ることができなかった。

そういうことが積み重なって、いまだに距離が縮まらないのも、他人行儀なしゃべり方も、それぞれが不満を持つことも当たり前だ。

ごめんなさい。素直になれなくて。

私は邪魔ではないですか？

大きな負担になっていませんか？

今からでも、間に合いますか？

伝えなくてはいけない言葉は、嫌というほど頭の中にある。

でも今真っ先に思っていることは……。

病気になってよかった。

だって、私はいなくなる。

いなくなれる。

病気を理由に逃げようとするなんて、最悪だ。

先に帰ったことにしておくからと言われても、まっすぐ帰る気にはなれなくて。私は店を出てとぼとぼと夜道を歩いた。

行くあてもないし、お財布も持ってきてないから、通りかかった公園に入ってブランコに腰かけた。

地面を少しだけ蹴ると、公園にギィィというさびた鉄の音が響いた。

外灯はお化け電球になっていて、砂場にはなぜか片方だけの赤い靴が落ちている。

普通の人ならば気味悪がるところなんだろうけど、病気になってよかったと思った自分のほうが怖すぎてなんとも思わない。

――『もしなにかあったら……。寂しいとか苦しいとか具合悪いとか腹減ったとかなんでもいいから、なにかあったらすぐに連絡して！』

いるはずがないのに、佐原の声が聞こえた気がして、私はブランコの鎖《くさり》をぎゅっと握った。

と、その瞬間……。

「岸さん？」

名前を呼ばれてハッと顔を上げると、そこには三鶴くんがいた。

私と同じように三鶴くんもビックリしたようで、お互いの目が丸くなっていた。

「なにしてるんですか？　こんなところで」

「……み、三鶴くんこそ」

「俺はバイト帰りです。で、晩ごはんにってそばをもらったんですけど、親にバイトしてるの内緒なんでここで食べようかなって寄ったところです」

持ってるビニール袋からは、出汁《だし》が効いてるそばのいい香りが漂っていた。

「伸びるの嫌なんで、隣いいですか？」

「え、うん」

三鶴くんはベンチではなく、空いていた隣のブランコに座った。そばが入った容器を器用に太ももで挟みながら、割り箸を口で割る。

そばは清子さんが冗談《じょうだん》でつけた満月そばだった。本来は生たまごをふたつ落とすのだけれど、容器にフタがしてあったせいか火が通ってしまっていた。

「岸さんも食べます？」

「ううん……」

「そうですか」

げた。

三鶴くんが食べているそばの音を聞きながら、私は星も出ていないのに夜空を見上
イトする理由は欲しいゲームがあるからなんて、つかみどころがない。

三鶴くんは年下なのに妙に落ち着いていて、言うことが大人びている。そのくせバ
でも、なんとなく親近感が湧く。

まとう空気が、彼に似てるからだろうか。

「今日バイトで岸さんの話になりましたよ」

「え？」

「実は今日のお客さんから『器に汚れが残ってる』って苦情があったんですよ。洗ってたのはパートの人だったんですけど、ほら、うちの店に食器洗浄機《せんじょうき》ってないじゃないですか。それで、忙しい時は手が回らないってその人が怒りだして、ちょっとトラブルになったんです」

たしかに最近は食べにくる人が多くなったから、食器を洗っても洗っても終わらない気持ちはわかる。

「それで、そういえば岸さんがバイトに入ってる時は洗い残しなんて一度もないよねって話になったんですよ」

「……そんなことないよ」

気をつけてはいるけれど、どうしても雑になってしまう時もあるし。

「いやいや、岸さんは裏にいるから知らないですけど、器も小鉢もコップもいつもピカピカでうれしいってお客さん言ってますよ。おいしいそばがもっとおいしく感じるって」

「……」

「真面目でいい子だから、年内でやめちゃうなんて寂しいって、清子さんや将之さんが言ってました。必要とされてますね」

三鶴くんからの言葉に、私はさらにブランコを握る手を強くした。

「……必要とされてなんかないよ」

それを、ついさっき痛感したばかりだ。

か細く伝えた声が三鶴くんに届いていなければいいと思ったけれど、残念ながら辺りは静かだから、きっと聞こえてしまったと思う。

「岸さんって、隠し事ありますよね？」

私のことをじっと見つめながら、落ち着いた声で問われた。どう答えたらいいかわからなくて言葉に詰まっていると、「わかります。俺も隠し事は多いほうなんで」と三鶴くんはつけ加えた。

いつもなら押しだまる質問も、三鶴くんとはバイトでしか会わないし友達でもないし、なにを話しても気まずくはならないと、私は重たい口をゆっくりと開いた。

「……私、誰と関わっても悲観的で、心なんてこれっぽっちも動くことはなかったの。でもあいつには簡単に動かされる」

せっかくの外食を台無しにしてしまい、美波にも怒られて、おまけに母の顔がさっきから頭にちらついている。

不安定で、頭がグラグラしていて、こんな時はいつだってひとりで耐えてきた。なのに、暗闇《くらやみ》の中で光を探すように佐原の顔を思い出す。

水に流したはずだった。

でも私が思う以上に、彼の存在は頑固で厄介だ。

「隠し事、その人には言えませんか？」

「言えない」

私の返事は即答だった。

むしろ、世界中の人にバレても、佐原にだけは知られたくない。

私の生《お》い立ちや家族関係もそうだけど、病気のことはとくに。

「やっぱり半分食べます？　体が少しは温まりますよ」

私のことを励ますように、三鶴くんがそばを差し出してきた。まだ湯気が立っているそばを受け取り、ひと口だけ食べた。

「……おいしい」

そう言うと、三鶴くんはうれしそうに微笑《ほほえ》んだ。

やっぱりその心地いい空気が、彼に似てる気がした。


次の日。目が覚めた瞬間から体がだるかった。

スマホを確認しても目がかすんでよく見えないし、頭もぼんやりしている。こんな日はずっと部屋で寝ていたいけれど、今日は晴江さんが家にいる。学校を休みたい、なんて言えない私は、体調不良を隠して家を出た。

その途中でコンビニに寄り、いつものホットレモンを買った。以前、声をかけてきたレジの男の子はいなくなっていた。

顔を覚えられることも、誰かと関わることもあれほど毛嫌いしていたのに、私はさきほど届いたメッセージを見つめて、どうしようか考えている。

【おはよう。今日寒くね？　マフラーしていこうと思うんだけど、黒と茶色どっちがいい？】

はっきり言ってどっちでもいいし、佐原が好きな色を選べばいいと思うけれど、そうやってマフラーを選ぶ時でさえ彼の頭に私がいるんだなって思ったら、まだホットレモンを飲んでいないのに、胸がじんわりと温かくなった。

【黒】と返事をしようとしたら、ふわりと長い髪の女性とすれ違った。

──ドクンッ。

首元にファーを巻き、トレンチコートによく合うピンヒールを履いている。脳裏《のうり》によみがえってきたのは、いつも綺麗な格好をして、真っ赤なルージュをつけて出かけていく母の姿だ。

絶対に違う。いるわけがない。

でも、似ている。

カツカツと遠ざかっていくヒールの音を追いかけるようにして、気づくと私は声をかけていた。

「……あ、あのっ」

女性はすぐに足を止めた。振り返るまでの数秒が永遠のように長く感じて、心臓が口から飛び出そうだった。

「はい？」

振り向いた女性は……母ではなかった。

とても綺麗な人だったけれど、六年前で止まっている母の面影《おもかげ》とは似ても似つかなくて、急に現実へと突き落とされた感覚になった。

「……すみません……。なんでもないです」

小さく頭を下げると、女性は首を傾げて行ってしまった。

……私、なんで追いかけたんだろう。

あんなにうるさかった鼓動が静かになって、今さら我に返った。

仮にさっきの人が母だったとして、私はどうするつもりだった?

母を思い出すだけで冷静になれないことがたくさんあるのに、再会して『久しぶり』なんて世間話でもできると思った?

――『これを持って晴江おばさんのところに行きなさい』

そう言って私をあっさりと捨てて、母親らしいことなんてなにひとつしなかったあの人を、私はなんで追いかけたの?

『ねえ、お母さん。お母さんってば』

お母さんの瞳に映りたくて、用がないのに気を引いた。幼かった私はたしかに母を求めていた時もあった。

でも今は違う。絶対に違うのに……。

〝……海月?〟

心のどこかで、振り向いた母が名前を呼んでくれる気がしていた。

気持ち悪い。

そんなことを期待した自分も。大嫌いな母のことを今も求めていると気づいてしまったこの気持ちも。

　全部、全部、気持ち悪い。

「おい、岸海月。ここの問題を解いてみろ」

　学校に着いて授業が始まっても胸のモヤモヤが取れなくて、私はずっと机に顔を伏せていた。

「聞いてるのか、岸！」

　ああ、うるさい。私は膝の上にあるスマホをスクロールさせて、耳につけているイヤホンのボリュームを大きくした。

「……おいっ！」

　すると、痺れを切らした数学の先生が近づいてきて、無理やりイヤホンを引っこ抜かれた。

「授業中だぞ」

　ほかの人たちだって隠れてスマホをいじっているし、音楽だって聴いてるし、寝てる人だっている。なのに私だけ標的にされる。

　いつもなら面倒ごとにならないように「……すみません」と謝るけれど、今日の私は虫の居所が悪い。

ギロリと反抗的な目つきをしたら、「なんだ、その態度は」と先生の逆鱗《げきりん》に触れてしまった。

「やる気がないなら教室から出ていけっ!!」

教室中に響きわたるぐらいの声で怒鳴られて、私はそのまま戻らないつもりでカバンを手に取り廊下に向かった。

「岸さん、どうしたの？　怖くない？」

「キャラ変？」

「ぷっ、そうかも」

クラスメイトがひそひそとなにかを言っていたけれど、私はおかまいなしに教室の扉を乱暴に閉めた。

自分じゃ制御《せいぎょ》できないくらいに心が荒ぶっている。

誰のせいでもないのに、周りにあたるなんて子どもみたい。

家に帰ろうと勢いのまま昇降口に向かったけれど、考えてみれば家には晴江さんがいるから、早退はできない。

考えた末にたどり着いたのは、非常階段だった。

さびた扉を開けて外の踊り場に出ると、北風が頬を撫でた。

……寒い。マフラーはロッカーに押し込んだままだ。

そういえば、佐原に返事をしてないや。結局、黒と茶色どっちにしたんだろう。

そんなことを考えながら、私はカバンからポーチを取り出した。

隣町の大学病院には定期検診も含めて二週間に一度は薬をもらいにいっている。

この前の検診の時、腫瘍の大きさは変わってないと言われた。変化がないということは大きいままということ。治療のしようがないので、また気休めの薬だけをもらって帰った。

ひとつ、ふたつ、みっつ、よっつ、いつつ。

形が違う薬をラムネのように手のひらにのせて、それらを水で流し込んだ。

……昔は小さな薬でさえもむせていたのに、ずいぶんと飲み方がうまくなってしまった。

「なにそれ？」

気配もなく聞こえてきた声に驚いて、思わずポーチを落とした。

開いたままになっていたチャックから、小分けにしてあった薬がすべて外に出てしまい、私は慌ててかき集める。

「ねえ、なにそれ」

佐原が同じ言葉を繰り返した。

おそらく佐原は裏庭へと続く外階段にいた。扉を開ける音がしなかったということは、私よりも先にこの場所にいたのだろう。

……全然、気づかなかった。

気づかずに私は、薬を飲んでしまった。

どうしよう。どうやって言い訳をするべき?

薬はすべて拾ったけれど、彼は私から目を逸らさなかった。

「その中に入ってたの、薬だったんだ」

ポーチを拾ってくれた時には気づかれずにすんだのに、今は飲んでるところをばっちり見られてしまった。

「なんの薬?」

佐原は私がいる踊り場まで上がってきた。

「……サ、サプリメント」

嘘をついた。いや、本当のことなんてはじめから言うつもりはない。

なんとしても隠しとおさなくちゃと、私は強く手すりを握った。

「いや、どう見てもサプリじゃねーじゃん。種類多すぎだし」

「今はカプセル型とかサプリでもいろいろと種類があるの」

「嘘つくな」

「嘘じゃない」

そんな押し問答が何回か続いたあと、彼は怖い顔をして私の手首をつかんだ。まるで、自分の中に芽生えた不安をぶつけるかのように。

「お前の体調不良と関係があるんだろ？」

きっと佐原はずっと前から私の異変に気づいていた。それでもただの風邪なんじゃないかと、ただ体調をくずしやすいだけなんじゃないかと、私がごまかすたびにそれを信じてくれていた。

でも、目の前でたくさんの薬を見て、飲んでいるところも見て、〝ああ、やっぱり〟って疑念から確信へと変えようとしている。

——悪性の脳腫瘍。

あの日の宣告が頭に浮かんだ。

動揺も恐怖《きょうふ》もなく、私の人生は私を苦しめる出来事ばかりだとあきらめた。

たとえ、眠れないほどの頭痛が朝まで続いても、次の日にはなんにもなかったような顔をして家を出る。

自分の体のことは自分がいちばんよくわかるから、限界がきたら誰にも迷惑をかけずにあの家からも出ていく。

『私たちの態度が冷たく感じるかもしれないけど、あんたにも原因があるってこと、それだけは覚えておいて』

そんなの、言われなくてもわかっている。

私は家族というものを知らずに育って、なのに家族という形ができあがってるところに置いてきぼりにされた。

十歳の私になにができたっていうの？

そこにいるだけで精いっぱい、環境に慣れるだけで必死で。

じゃあ、十六歳になった今は〝もう六年たったので私は家族の一員ですよね〟って、愛想を振りまいたらよかったの？

正解なんてどこにもない。

正解なんて、誰も教えてくれない。

「なあ、海月、答えてくれ。この薬は――」

「……そんなに責めないで!!」

非常階段に自分の声が響きわたった。

私が母に捨てられたことも、今の家でうまくやれないものの、病気になったのも、全部自分のせい。

私が、悪い。

そうやって誰よりも自分自身をいましめてきたのに、佐原に核心を突かれて、バレそうになって、責めないでなんて被害者ぶってる自分が浅はかで、情けない。

どうすれば、うまくやることができたんだろう。

答えを探そうとすればするほど、出てくるのは後悔ばかりだ。

「ご、ごめん」

佐原は申し訳なさそうに手を離した。つかまれていたところは赤くなっていた。

責めないでと言ったことで、私は問い詰めてきた佐原を責めてしまった。

なんにも悪くないのに、そんな顔をさせて謝らせてしまった。

もう、全部が悪循環《あくじゅんかん》。

「……私こそ、ごめん」

いたたまれない気持ちになって、その場から逃げるように立ち去った。


それから私は放課後まで保健室で過ごした。

ベッドで休むのは二時間までと決まっているけれど、私の顔色の悪さを見た養護の先生はなにも言わずに許してくれた。

「ねえ」

校舎を出て家へと向かう帰り道。

いつもなら絶対に素通りか、もしくは一定の距離を保ったまま絶対に近づいてこない美波がめずらしく外で話しかけてきた。

「……な、なに？」

周りに同じ学校の生徒がいなくても、私のほうが人目を気にしてしまう。

「あんた今日どうしたわけ？」

きっと美波は私が数学の先生に反抗的な態度をとって、一度も教室に戻らなかったことを聞いているんだろう。

あの時、クラスメイトの中でひと際驚いた表情をしていたのが美波だった。

「……ちょっと嫌なことがあっただけ」

「ふーん」

思えば私は彼女の前で感情的になったことはない。家の中ではなおさら静かに過ごすことだけを心がけてきたから。

「ああいう顔ができるなら、レストランでお母さんや私にきつく言われた時も表情に出せばよかったのに。なにを言っても涼しくしてるから平気だと思われるのよ」

「………」

「またそうやって黙るんだ」

美波はどっちの味方をしてるんだろう。言い返したところで、言い負かしてくるくせに。

……と、その時。美波の視線が私から外れた。

どうしたんだろうと、前方を確認すると、そこには佐原が立っていた。

「……なんで」

彼の家は反対方向だから、この道を使うはずがない。

「今日のことが気になって海月ともう一度話したいと思ったんだ。それでメッセージも送ったけど既読にならないし、このまま気まずくなるのは嫌だから前に別れた道で待ってれば通るんじゃないかって……。悪い。待ち伏せみたいなことして」

佐原はばつが悪そうな顔をしていた。

スマホを見なかった私も悪いから、彼が謝ることじゃない。だけど今はそれ以上に……。

「ビックリした。まさか岸と歩いてくるとは思わなかったから」

同じクラスとはいえ友達というわけではないし、学校では赤の他人よりも〝他人〟を演じている私たち。

そんな接点の欠片も見せないふたりが並んで歩いていたら、誰だっておかしいと思うだろう。

「同じ名字だし、なにかあるとは思ってたんだ。もしかしてふたりは……」

「ち、違うの、佐原くん。そこでたまたま鉢合わせになって、クラスのこととか授業のこととか少し話してただけで、べつに私たちは……」

いつも毅然《きぜん》としている美波がわかりやすく焦っていた。

佐原は美波の声に耳を傾けることなく、私のことを見つめていた。

「海月。岸とは本当に鉢合わせしただけ？」

神様に、試されている気がする。

なにひとつ話さないのか、それとも、すべて正直に話すのか。

私はまた黙ってしまった。

煮えきらない様子を見た美波は態度を一変させて「あー面倒くさい」と、男子の前では決して出さない地声で言った。

「っていうか前から思ってたけど、佐原くんって私に対する態度が失礼だよね。まあ、佐原くんのことを狙ってたわけでもないし、好かれようとしてたわけでもないから、べつにいいけどさ」

どうやら彼の前で猫をかぶるのはやめたらしい。

「なんかあんたのことよっぽど気に入ってるみたいだし、全部言えば？　佐原くんは言いふらしたりしなそうだし。っていうか言わなきゃ納得しないでしょ」

美波はあとは勝手にやってというような感じで、そそくさと帰ってしまった。

佐原とふたりきりになって、私はどこまで話すべきかを考えていた。

生い立ちなんて話せば引かれてしまうかもしれない。

でも、気づいているのに気づいてないふりをもう佐原にはさせられない。

「場所だけ変えていい……？」

私の勇気を汲み取ったみたいに、彼が頷いた。

私たちは公園に移動した。

佐原と肩を並べるようにベンチに座ると、あの日と同じ甘い香りがした。

彼が甘いもの好きだからなのか、それともこれが佐原そのものの匂いなのかはわからない。

でも、自然と引きよせられてしまう香りに、こんな時でさえ胸がぎゅっとなる。

「手、痛かっただろ」

最初に口を開いたのは佐原だった。非常階段で強くつかまれた手首には、まだほんのりと赤さが残っている。

「悪い、加減忘れた」

きっとそのことも含めて、彼は私のことを待っていてくれたんだと思う。

「ううん、平気」

つかまれた時は痛かったけれど、それだけ佐原が必死になってくれた証拠だから。

彼は優しい、誰よりも。

理不尽《りふじん》に責めないでと言った私を責めることはなく、今だって私の口から聞きたいことがたくさんあるはずなのに手首を先に気にしてくれた。

「驚くと思うよ。私のことを知ったら」

まだ心に迷いはある。でも、話してもいいんじゃないかと思った気持ちを無視してしまったら、私は永遠に自分の過去を打ち明けることなんてできないと思う。

佐原だから、芽生えたこと。

佐原だから、聞いてほしいことがある。

「大丈夫。話して」

彼の優しい声に背中を押されて、私はゆっくりと話し始めた。

「美波とは従姉妹なの。でもただの従姉妹じゃなくて私は今、美波の家で暮らしてるの。……六年前に母親が蒸発して、そのまま私は美波の家に預けられたんだ」

声が震えたのは最初だけ。あとは不思議なぐらい淡々と話すことができて、佐原は黙ってそれを聞いていた。

「両親は私が幼い頃に離婚してる。この前、十年ぶりに父親と会ったけど、一緒にいた記憶が少ないから正直言うと親って感じはしなかった」

だから連絡がきても戸惑う気持ちが大きくて、そのままにしてしまう。

「私は物心ついた時から母親とふたり暮らしだった。私の親権を取って最初は決意も覚悟もあったんだろうけど、早めに限界がきたんだろうね。私は母の笑った顔なんて見たことがないし、覚えているのはいつもしかめっ面《つら》で頭を抱えていた姿だけ」

金銭的にも肉体的にも精神的にも、母は子育てに向いてる人じゃなかった。

そうやって娘である私が分析《ぶんせき》してしまうほど、距離感は他人に近かったと思う。

「そんな母親を見てきたからなのか私はなにかが欠けてる。全部母のせいってわけじゃない。でも私は美波の家族とうまくいかなくて、私の保護者になってくれている美波のお母さんとも、どうやって接したらいいのかわからない」

「……このこと、ほかに知ってるやつは？」

「学校では同じ家に住んでる従姉妹同士ってことは秘密にしてる。知ってるのは担任を含めた一部の先生だけ」

いずれバレてしまう時がくるかもしれない。でもそのいずれがこないように美波は用意周到《しゅうとう》に根回ししている。

だから正直、驚いた。美波が佐原になら言ってもいいと言ってくれたこと。

もうごまかせる雰囲気ではなかったとはいえ、美波が許可してくれなかったら私はまた口をつぐんでしまっていたかもしれない。

「佐原のこと信じてないわけじゃないけど、絶対に私たちのことは誰にも言わないでね。美波に迷惑かけちゃうから」

私と違って美波にはまだ長い学校生活がある。私のせいで妨《さまた》げたくはない。

「言わないよ。お前の過去のことも絶対に言わない。話してくれてありがとうな」

私は佐原の言葉に首を横に振った。自分のことを話せたことで少しだけ気持ちが軽くなった。

でも、本当に少しだけ。だってまだ私は……。

「秘密にしてたのは、これだけ？」

彼が私の心を読んだように言った。

「もう隠し事はない？」

ドクンドクンと、心臓が速くなる。

もしかしたら、タイミングはここかもしれない。

過去のことを打ち明けた流れで病気のことを話せば、時間も手間もない。

実は……って、深刻にはならずに、あのねって切り出して。いつもみたいに〝でも大丈夫だから〟って心配はさせない。

そんなシミュレーションが頭でできあがっているのに、口から出た言葉は……。

「ほかに隠し事はないよ」

佐原の目を見てしっかりと答えた。

彼は疑うことなく「そっか」と言って、淡《あわ》い煙《けむり》のような息を冷たい空に向かって吐いた。

「もう息が白くなってきた。明日から十一月だもんな」

本格的な冬がくる。私が過ごす最後の季節。

「……マフラー、黒にしたんだ」

佐原の首元に巻かれたそれはとても暖かそうで、とてもよく似合っている。

「うん。なんか海月なら黒って言いそうな気がしたんだけど、違う？」

メッセージの返事をしなかったことをとがめもしないで、自分の好きな色ではなく、私が言いそうな色を選んでくる彼は優しいというより、かわいい。

「違わない」

そう答えると、きみはうれしそうに笑った。

ごめん、佐原。

きみの存在は自分が思うよりずっと大きくなっている。

それは認める。嘘はつかない。

けれど、私は病気のことだけは言えない。

佐原に重たい現実を見せたくないということもそうだけど、きみは私に対してまっすぐだから、きっと心を痛めてしまうでしょ？

悲しい顔をさせたくない。

その笑顔を奪いたくない。

こんな気持ちが芽生える前に、もっと強く突きはなせばよかった。

ごめん、佐原。ごめん——。

＊＊＊

海月の過去を知って、彼女が簡単に笑わない理由を知って、自分にはなにができるだろうと考えた。

俺は今まで平々凡々《へいへいぼんぼん》と生きてきて、苦労なんてしたことがない。

だから、あいつの気持ちをわかってあげられるかと聞かれたら、そうじゃない。

でも、抱きしめたかった。

ずっと俺の腕の中で守ってあげたいくらい、本当は強く抱きしめたかった。


「なあ、これいる？」

ガヤガヤとうるさい教室で、沢木がなにかを見せてきた。

「なに？」

「水族館のペアチケット。親が商店街の福引きであてた」

チケットを確認すると、それは俺も幼い頃に行ったことがある水族館だった。記憶では広さもそんなになく、はっきり言って子ども向けの場所というイメージしかない。

「しょぼいじゃん、そこ」

「いや、去年リニューアルしたらしくてけっこう変わったみたいよ。写真映えする食べ物があったり、あとカメいるって。めっちゃでかいやつ」

「カメ、ね」

「興味ないならべつにいいよ。俺はただ岸さんと行くかなって思って。ほら、さえないほうの岸さん……って、おい！」

急転直下で気持ちが変わった俺は、沢木からチケットを奪った。

たしかにチケットに印刷されてる外観は俺が知っていた頃のものじゃないし、楽しそうなイベントの様子もいくつか紹介されている。

海月と出かけたことといえば、球技大会の日にケーキ屋に行ったぐらいだし、休日はおろか待ち合わせをして一緒に遊びにいったことはない。

水族館なんて、自分じゃ思いつかなかったことがどんどん現実味を帯びていく。今では海月と水族館デートをすることしか考えられなくなっていた。

「もらう。いや、ください」

写真映えのものはあんまり興味がないけれど、海月は好きかもしれないし、でかいカメだって喜んでくれるかも。

「なんかめちゃくちゃ顔がゆるんでるけど、ちゃんと岸さんに行くかどうか聞いてみろよ。断られる可能性もあるだろ」

「今、聞く」

俺はさっそくスマホで海月にメッセージを送った。

最初はシンプルに【チケットをもらったから水族館に行かない？】なんていう文章を打ったけれど、【行かない】と返事がくる想像が簡単にできたので打ちなおし。

今度はズル賢く【水族館のチケットもらったんだけど、有効期限が今週末までらしい。ほかの人は都合がつかないっていうし、海月はどう？　ここからそんなに遠くないし、暇つぶしに行かない？】と修正して送った。

「返事きた？」

「まだ」

「スタンプ押せ」

沢木の提案で、目を潤ませているキャラクターのスタンプを一回。普段はスタンプなんて使わないけれど、少しでも海月が食いついてくれるように。

するると間もなくメッセージの返事がきた。

【ＯＫ】

海月からの答えは文ではなく、スタンプだった。

「……よしっっ!!」

周りの目なんて気にせずにガッツポーズをすると、クラスメイトたちが笑っていた。

海月と水族館。

これはデートって呼んでいいんだろうか。調子に乗るなって言われそうだけど、俺はもうデートの気持ちでいく。

「で、岸さんのことマジなの？」

デートの後押しをしてくれた沢木だけど、まだ半信半疑だったらしい。

前にも同じ質問をされて、その時は口を濁《にご》した。曖昧でもいいと思っていた。でも今はこんなにもはっきりとした答えが出ている。

「マジだよ」

素直に認めると、沢木は「ならがんばれ」と応援してくれた。

俺はそれから授業中でも休み時間でもかなり浮かれていた。周りからどうしたの？って心配されるくらい。

「……あ」

廊下で目が合ったのは、海月に嫌がらせをしていた女子だった。彼女は俺から目を逸らして横を通りすぎていく。

俺に対して好意があったであろう彼女はあれ以来、声をかけてこないし、俺とつながっている仲間とも遊ばなくなった。

俺がきつい言い方をしたからだと思う。だけど――。

『だってあの子が順番待ちしてる待合室は……脳神経外科だもん』

友達関係がなくなったからといって、あの言葉が消えたわけじゃない。

正直、どうしたって疑問はまだ浮かんでいる。

非常階段で海月が流し込むように飲んでいたものはサプリメントではなかったし、仮にそうだった場合、ポーチをなくした時に中身を確認されなくてよかったと、あんなふうにホッした表情をするはずがない。

『もう隠し事はない？』

思わずそうたずねたけれど、海月は俺の目を見て『ないよ』と言った。

それを疑いたくはないし、彼女がサプリメントだと言うのなら、俺の選択肢《せんたくし》は信じる以外なにもない。

海月はつらい過去を話してくれた。

それは誰にでも話せることじゃないから、少なからず俺は海月の中で〝話してもいい人〟に変わってきているのだと思う。

だから、俺に話さないということは、なにもないということ。

俺は海月を信じているから、なにかあるはずがないんだ。

「なあ、気合いが入ってるようには見えないけど、センスがあるなって思われる服ってどれだと思う？」

「え？　なに？」

学校から帰宅したあと、部屋のクローゼットにあった洋服をすべて引っぱり出してベッドの上に並べていた。

そんな乙女みたいなことをしている俺を、三鶴は怪しげにドアの前で見ている。まあ、バイトが休みで直帰してきた弟を無理やり部屋に連行したのは俺だけど。

「なんでもいいんじゃない？　っていうか、一、二着の服を着回してる俺にセンスを聞くの？」

「だよな……」

もちろん海月と水族館に行く時の洋服を選んでいるんだけど、これがなかなか難しい。

普段はスウェットか楽なTシャツしか着ないし、それでもそこそこモテてきたせいでおしゃれとは無縁。

持っている洋服を見れば見るほど全部がダサく感じて、街に買い物に行ってマネキンが着てる洋服を一式揃えてきたほうが間違いないんじゃないかと思うほどだ。

「……兄ちゃんって、なんか変わったよね。前はもっとダメ人間だった気がする」

「おい」

「だって今の時間からフラフラと化粧が濃い女の人と遊んで。だけどいつもつまらなそうに帰ってくるって感じだった」

ゲームばっかりしてるくせに、三鶴はけっこう鋭い。

「今の兄ちゃん、楽しそうだよ」

そう言って洋服選びを手伝ってくれてる弟に、少し照れる。

三鶴も俺と同じで言いたいことは言うほうだけど、頭がいいぶん的《まと》を射《い》たことを不意打ちで投げてくるから反応に困る。

「海月はバイトだとどんな感じ？」

弟のバイト先はなんとなくあそこだろうと察しはついている。

さすがにそばアレルギーの俺がそば屋に行くなんてことはしない。海月に会いに来ましたってバラしてるようなもんだし、偶然を装うにしても不自然すぎる。

そこまでしてしまったらもはやストーカーに近い気がするし、この前、海月を待ち伏せした時も、そんな自分が怖いなって引いてたぐらいなのに。

でもあの時は本当に不安で、加減を忘れて手首をつかんでしまったこともそうだし、海月とちゃんと話さなければって気持ちでいっぱいだった。

そんなふうに必死になったことは、今まで一度もなかった気がする。

「岸さん？　うーん、静かだよ。話しかけなければ自分から話さないし。でも仕事はできるから信頼《しんらい》されてる先輩って感じかな」

「いつからバイトしてんだろ」

「さあ、俺が面接を受けた時にはすでにいたし、普通に考えて高校入学した春ぐらいじゃない。あともう少しでやめちゃうけど」

「え？」

「年内までなんだって。理由は聞かないでよ。知らないから」

週末デートの約束はしても、俺はまだまだ海月のことを知らない。

これからゆっくりりって思ってるけれど、やっぱり好きという気持ちを自覚してしまうと欲深くなってる自分もいる。

「バイトで男に言い寄られてない？」

「俺以外はみんなおじさんとおばさんばっかりだから、そういうのはないよ」

それでも油断はできない。きっかけさえあれば、海月のよさに気づく人なんていくらでもいるから。

「岸さんって美人だよね」

「だろ」

「でも、なにかと闘《たたか》ってる人だよね」

「?」

「わかんないけど、皿洗いしてる後ろ姿を見てるといつも思う」

「……そんなにじっと見てんじゃねーよ」

そう言い返しながらも、弟の鋭さに感心してしまった。たしかに〝闘ってる人〟という言葉が不覚にも海月にピタリとあてはまる。

自分を置いていなくなった母親のこと。

うまくいかない新しい家での生活。

そして、固く閉ざしてしまってる心の扉。

海月はそういう現実を、ずっとひとりで背負ってきた人だ。

「悠真、三鶴。晩ごはんできたわよ!」

階段下から、母さんの声が聞こえた。

「今日はカレーらしいよ」と、三鶴が先に部屋から出ていく。

こうして一緒に育ってきた兄弟がいて、温かいめしを作ってくれる母さんがいて、いつも時間どおりに帰ってくる親父がいる。これが十六年間の当たり前な環境だ。

……そんな俺がどれだけ、海月に寄り添うことができるだろう。

それからひと晩中考えて、頭を使うのは苦手なのにすげえ考えて。でも結局、東の空が明るくなって朝を迎えても、自分の納得がいく答えは出なかった。

約束の週末。コーディネートにはさんざん迷ったけれど、トレーナーだけを新しく買って、あとはいつもどおりの服装になった。

遅刻魔の俺は沢木たちと遊ぶ時にはたいてい遅れて合流する。でも今日は待ち合わせ時間の十五分前には駅に着いていた。

……昨日は遠足前日みたいな興奮感があって、なかなか眠れなかった。

「早いね」

「……わっ！」

後ろから声をかけられて、カッコ悪いくらいに驚いてしまった。

振り向くと、茶色いダッフルコートを着た海月がいた。学校では見られないボルドー色のロングスカートを履いて、黒いタイツにブーツ姿だった。

……やばい。めちゃくちゃかわいい……って、そうじゃなくて。

「なんでそっちから来んの？　家あっちじゃん」

俺は海月が歩いてくるであろう方角をずっと見ていたのに。

「私も早く着いて、そこのコンビニにいた」

「え、いつから？」

「佐原と同じくらい」

……ん？　なんか話が噛み合わない。

「俺と同じくらいに着いてたなら、なんですぐに来なかったんだよ？」

「……待ち合わせっていうのは、その時間ぴったりに行ったほうがいいんじゃないかって思ったから」

海月がぼそりと言った。

おそらく彼女はコンビニの中から俺のことを見ていたけれど、いつ行くべきかを考えた末の今だったのだろう。

「いいんだよ。早く着いたなら早く会っても」

というか、ひとりで待っていた姿を見られていたと思うと普通に恥ずかしい。でも、きっと海月はこういうことをしたことがないから、わからなかったんだと思う。

「電車、すぐ来ると思うから行こう」

「うん」

俺たちはそのまま駅の中に入った。

電車の中は比較的すいていて、出入り口に近いところに座ることができた。水族館まではここから二十分ほどで、距離も三駅程度。

友達と電車に乗る時はくだらない話で盛り上がったりするけれど、海月が隣にいるとやっぱり俺は緊張してしまう。

揺れているつり革を無意味に見つめて、海月は通りすぎていく窓外《そうがい》の景色に目を向けていた。

「……あ、あのさ」

「なに？」

「えっと、なんで俺と水族館に行くことオッケーしてくれたの？」

本当は待ち合わせ場所のやり取りをしてる時に聞こうと思ったけれど、追及しすぎて『じゃ、やっぱり行かない』って言われるのが怖かったから。

「……クラゲ」

「え？」

「クラゲが見たいから」

海月は繰り返すように言った。いろいろな予想はしていたけれど、まさか理由がクラゲだとは考えもしなかった。

「いるかな」

めずらしく話を続けてきた海月に「いるよ。ホームページにのってた」と答えると「ならよかった」と、彼女は再び景色のほうに顔を向けた。

正直、内心はすごく複雑だった。なにしろ俺は今日のために水族館のことをかなりリサーチした。

あそこが見たい、ここから回りたいと海月から言われた時にリードするためだ。

頭の中で数々のパターンを想定して、海月を楽しませようと思っていたのにオッケーしてくれた理由がクラゲって……。

まあ、こうして一緒に出かけられてるだけで贅沢《ぜいたく》なことなんだけど。

水族館は最寄り駅からすぐの場所にあった。

白いタイルが続く道の先にドーム型の建物が見えて、入り口付近にはカステラが売られている移動販売のワゴン車もある。

メープルバターのいい匂いに包まれながら、俺たちはチケットを出して館内に入った。

「けっこう混んでるな」

「うん」

予想はしていたとはいえ、週末ということもあってかなり人が多かった。

「なにから見たい?」

「……うーん」

海月の性格からして、あれこれとリクエストしてくるタイプじゃないことはわかっている。だからこそ下調べをしてきた情報を発揮する時だ。

「あと少しでアザラシのエサやりが見れるらしいよ。運がよければ体験もできるって」

女子は大体アザラシが好き。むしろ水族館のメインといえばイルカかアザラシだろってくらい。

「……だったらヒトデがいい」

「え?」

「触れるって、あそこに書いてある」

海月が指さしたのは、棘皮《きょくひ》動物と書かれたコーナーだ。名前からして嫌な予感しかしない。

小石が敷きつめられている高さの低い水槽《すいそう》には、背中がぞわりとしてしまう生き物がたくさんいた。

ヒトデにナマコにウニ。さらにクモのように足の長い生き物もいて、俺はまだ近づけずにいた。そんな中で、海月はなんのためらいもなく水に手を入れて黄色いヒトデを持ち上げた。

「なんか、ザラザラしてる」

彼女は猫の頭でもなでるかのような手つきで、ヒトデのことも触っていた。

「佐原は触らないの?」

海月に言われて、俺はおそるおそる隣にしゃがむ。指でツンとするとやっぱり気持ち悪くて、感触はなんていうかゴム手袋に近かった。

結局、俺はほかの生き物も触れなかった。このままじゃ腰抜けだと思われると、「サメを見にいこう」と誘ったけれど海月は上の空という感じ。そして……。

「無理無理無理無理っ、なんかいっぱい来た！」

次に俺はドクターフィッシュと書かれた水槽に手を入れていた。もちろん海月がやりたいと言ったからだ。

さっき触れなかったこともあるし、小さな魚なら大丈夫だろと手を入れたのはいいけれど、数えきれないほどの魚たちが俺の手に群がっていた。

「なんか痛い。チクチクする」

どうやらこの魚は古い角質を食べてくれるらしい。でも上から見るとなんともいえない光景で、俺は足をジタバタさせていた。

「いいな。私、全然来ない」

海月も同様に手を入れているのに、周りには一匹《いっぴき》の魚がうろちょろしてるだけ。むしろ水槽内にいるドクターフィッシュはすべて俺のところにいる。

「佐原って、角質いっぱいあるんだね」

「人を汚《きたな》いみたいに言うな」

水槽から手を抜くと、たしかに手はすべすべになったけれど、俺は同時になにかを失った気もする。

俺の計画ではアザラシのエサやりを見て、そのあと熱帯魚コーナーで海月の心をつかみ、サメの水槽の前で頭に叩き込んできた豆知識を披露《ひろう》する予定だった。

……なのに俺はカッコ悪い姿しか見せていない。

「苦手なものばっかりだった？」

俺たちは休憩するために館内にあるカフェに入って、二人掛けのテーブルで向かい合わせに座っていた。

「ちょっと疲れた顔してる」

カフェラテを飲みながらじっと見つめてくる海月に、俺は水槽にいる魚よりも目が泳いでしまった。

あのあとひと通り水族館を周り、沢木が言っていた大きなカメやトンネルをくぐるカワウソも見たけれど、海月の反応がいちばんよかったのはヘビのようにくねくねしていたチンアナゴだった。

あれを見てかわいいと言った海月の感覚はよくわからないけれど、俺が食べようとスプーンを入れているチンアナゴパフェはたしかにかわいい。

ちなみに本物が刺さっているわけではなく、普通のパフェにチンアナゴの形をしたチョコレートがトッピングされていた。

「疲れてないよ。なんか海月っておもしれーなって思ってただけ」

「おもしろい？」

「うん。俺の計画にちっともはまってくれないところとか。新しい海月を知った気がして単純にうれしいよ」

そう伝えると、今度は海月の瞳が左右に動いた。

「どっちがいい？　白とオレンジ」

チンアナゴのチョコレートを指さすと、彼女は「オレンジ」と答えた。海月が注文したパンケーキの上にそれをのせてあげると、少しだけ口角を上げてくれたような気がした。

カフェを出て、ちょうど通り道に土産屋《みやげ》があったので俺たちは立ち寄ることにした。

壁一面に飾《かざ》られている海の生き物をモチーフにしたぬいぐるみは子どもに人気のようで、「買ってー」とあちこちで親にせがんでいる。

「お、チンアナゴのぬいぐるみもあるじゃん」と、俺は高い場所からひとつだけ手に取った。

「記念に買ってあげようか？」

「……それはかわいくない」

「たしかに」

海月はあまり土産物には興味がないみたいで、どの商品も手に取ったりはしなかった。

俺もべつに買う予定はなかったけれど、チケットをくれた沢木には礼としてなにかを買っていくべきか悩む。

男相手にシャーペンは気持ち悪いし、キーホルダーもガキくさい。ウケ狙いでポストカードはありだけど捨てられるには惜《お》しいぐらい全種類かわいいし、無難にお菓子か？

海月にどれがいいか聞こうとすると、さっきまで隣にいたのに姿がない。

慌てて店内を探したら、彼女は透明なケースに入ったなにかを見ていた。

「欲しいの？」

それは、子ども向けの商品ばかりが並ぶ店内には似合わないくらいの綺麗なネックレスだった。満月のように丸いガラスの中に、キラキラとした石の欠片が散らばっていて、二匹のクラゲが上下に向かって泳いでいるデザインだった。

「ううん、見てるだけ」

海月は普段アクセサリーはつけてないけれど、やっぱりこういうのをもらったらうれしいんだろうかと、さりげなく値段を確認してみた。

悲しいことに俺が想像してたよりも桁《けた》がひとつ多くて、財布の中身をかき集めても足りないぐらい高価なものだった。

……絶対これ売る気ないだろ。でも、隣の指輪は買われてるっぽいし、大人をターゲットにした商品であることは間違いない。

クローゼットの奥に眠らせてあるへそくりを持ってくるべきだったと、悶々《もんもん》としてる間に海月は土産屋を出てしまった。

ネックレスは買えなかったけれど本物は見に行こうと、俺たちはクラゲがいる水槽へと向かう。

薄暗い通路の先には、ブルーライトに照らされた大きな水槽があった。中にはたくさんのクラゲが優雅《ゆうが》に泳いでいて、みんなその美しさに何枚も写真を撮っていた。

「クラゲってもっと地味だと思ってたけど、綺麗なんだな」

「うん」

海月はいちばん見たいと言っていただけあって、かなり真剣にクラゲの姿を目で追っていた。

「写真、撮らないの？」

「撮るのは好きじゃない」

「ふーん」

俺はあとで沢木に見せてやろうと何枚か撮ったけれど、イマイチうまくいかない。

もう少し後ろから撮ればいいんじゃないかと下がったところで、クラゲの説明文が目に入った。

「えっ、なんで説明のところに海月の名前が書いてあんの⁉」

思わず声を大きくさせると、周りの人に笑われてしまい、俺はごまかすように咳払《せきばら》いをして海月の隣に戻った。

「クラゲって漢字で書くと海月だから」

「マジで？　はじめて知った。だから好きなの？」

そうたずねると、彼女はゆっくりと首を横に振った。

「……私、昔クラゲを飼《か》ってたの。ホームセンターの海水魚コーナーに売ってた、瓶《びん》に入れられたクラゲ」

「へえ、小さいやつ？」

「うん。たぶん売るために瓶に入ってたから、本当は大きな水槽に移してあげなきゃいけなかったんだろうけど、お母さんに内緒にしなきゃ捨てられると思ったから瓶のままで飼ってた」

海月はクラゲをなぞるように、指先を水槽に添えていた。

「はじめて友達ができたみたいでうれしかった。いつも寝る前にホームセンターで一緒に買った赤い粉末のエサをあげてた。成分は知らないけど、透明な体の中に入っていく赤色を私はいつも飽きずに見てた。……でもある日、瓶の中にいたはずのクラゲがいなくなってたの」

「……もしかして、見つかって捨てられた？」

「ううん、死んで溶《と》けちゃった」

そう言いながら海月は遠い目をした。

「クラゲはね、体の九十八パーセントが水なんだって。だから死ぬと水と同化して姿形がなにもなくなる」

「……」

「その時、環境のよくない瓶の中で飼ってしまった罪悪感もあったけど、同時にうらやましいって思った」

「うらやましい？」

「瓶を振ってても逆さにしてもクラゲはどこにもいなくて、まるでそこにいたのが夢みたいで。もし、自分が死ぬ時がきたらこんなふうになりたいなって。体が溶けて水になって、それで叶《かな》うなら海の一部になって漂いたい。あれからずいぶん時間がたったけど、その気持ちは変わってない気がする」

胸がざわっとした。

その口調が真剣で、冗談には聞こえなくて。きっと海月は俺が思うよりもずっといろいろなことを見すえている。

そんなことを言うなよって否定するのは簡単だ。でも俺は海月の中にある弱さも受け止めたい。

「じゃあ、俺は海月が溶けた海になるよ」

「え……？」

「そしたらいろんなところに行けそうじゃん。どこがいい？　海外？」

「……ふっ、なにそれ」

海月が口元に手をあててクスリとした。

はじめて見た笑顔に心をわしづかみにされてしまい、心臓がバクバクとうるさい。

「ど、どこでもいいよ！　地球の裏側だって俺は海月と行きたい！」

高鳴った気持ちを抑《おさ》えられずに、つい声のボリュームをまた大きくしてしまった。

「地球の裏側は行きたくないけど……朝日がいちばん綺麗な場所なら行ってみたい」

「朝日？」

「……うん。私は一日の始まりがいちばん嫌いだから」

先ほど見せてくれた笑顔が、水槽に浮かぶ気泡《きほう》のようにゆっくりと消えていく。

「今日は楽しいことがあるかも、今日はいいことがあるかも、なんて期待した朝は今まで一日もなくて、起きた瞬間から私はいつも憂鬱。だから綺麗な朝日を見られたら、そういう気持ちごと吹き飛ばしてくれるんじゃないかって……」と、海月が物思いにふけたところで、ハッと我に返ったように言葉を止めた。

「ごめん、いきなりこんな話……」

長い黒髪を右耳にかけて、彼女は気まずそうに下を向いた。

海月がこんなにも自分の気持ちを話してくれたことは今までなかった。

俺に心を開いてくれているのか、それとも昔飼っていたクラゲを思い出したからなのかはわからない。

「それなら、俺とこれからいっぱい楽しいことしようよ。俺、予定立ててるし、朝起きたら海月とその日にすることを決めるから」

「……いいよ、そんなの」

「嫌だ。俺は海月に楽しいと思ってほしいし、うれしいと思ってほしいし、さっきみたいに笑ってほしい」

今までできなかったのなら、そのぶんも。海月は眉《まゆ》を下げながら俺のことを見つめていた。そして……。

「……私、やっぱり佐原のことだけは巻き込めない」

ぽつりと呟いた言葉は、館内に流れたアナウンスによってかき消されてしまい、俺の耳には届かなかった。

きみと迎えた五回目の朝

矛盾《むじゅん》している。

クラゲを見たかっただけと言っておきながら、本当は水族館に行くために新しい洋服を買いにいったことも。

水槽にいる魚よりも、きみの横顔を見上げた回数のほうが多いことも。

話すつもりじゃなかった昔話も、行きたい場所も、自分から口にすることなど一生ないと思っていた。

ダメだと思えば思うほど、心が引き寄せられてしまう。

『それなら、俺とこれからいっぱい楽しいことしようよ』

きみは優しい。きみはいい人。だから疑いもしない。

きみが胸を弾《はず》ませながら言った〝これから〟が、私にはないってことを。


――ガシャンッ。

週明けの月曜日。洗面所にあったコップを取ろうとしたら、すり抜けるように手から落ちてしまった。

プラスチックのコップは割れなかったけれど、中に入っていた水のせいで床《ゆか》は濡れている。慌ててタオル掛けに手を伸ばすと、タオルさえもつかめずにすべり落ちてしまった。

ジンジン、ビリビリ。

右手が痺れている。指先を動かしてみても、力が入らない。

……たぶん、これも病気の症状。

腫瘍によって頭蓋骨《ずがいこつ》内部の圧力が高まるために起こる手足の痺れ、または麻痺《まひ》。悪化すると歩行が困難になったり、言語にも影響が出てくるそうだ。

小さく生まれた病気の種は体の中で知らず知らずに育ち、こうして手遅れになってしまうと、あらがう術《すべ》がない。

……人間って、本当にもろい。

「うわ、なにしてんの？」

ひっくり返ったコップを呆然と見つめていると、美波がやってきた。

「早く拭きなよ」と、私がつかめなかったタオルを彼女はあっさりと拾い上げて床を綺麗にしていく。私の手は電気が張りついてるみたいにまだビリビリしている。

……こんなの、はじめてだ。

「ねえ、あんたってどこか悪いんでしょ？」

「……悪いって？」

ドキリとしながらも私は平静を装った。

「血色、ヤバい時あるよ。バイトから帰ってきた時もたまに青さを通り越して真っ白な時もあるし」

美波は私のことを見てないようで、すごく見ている。

病気が進行していく様は、なんとなく想像していた。

こういうことが起きるだろうとか、いずれ日常生活に支障が出るほど体がダメになっていくだろうとか、宣告された時から覚悟はしていた。

でも、思ったよりも言うことをきかなくなってきている体を隠すことの難しさは感じている。

「隣町に大学病院があるじゃん。そこで検査とかしてもらったほうがいいんじゃないの？」

美波にここまで言われるようじゃ、すべてがバレてしまう日は近いかもしれない。

いつものように「平気だよ」と言いかけたところで晴江さんが通りかかり、私たちの話はそこで終わった。

美波と時間差で家を出て、私は学校へと向かう。ポケットの中でスマホが震えた気がして確認すると、佐原からメッセージが届いていた。

【おはよう。今日一緒に昼めし食わない？　学食のカレーうどんがすげーうまいんだけど食ったことある？】

私が楽しみなことなんてないと言ったから、彼は宣言どおり予定を立てようとしてくれているんだろう。

あの時はただただ魚たちに癒《いや》されて、心がほぐれた。あんなふうになにも考えずに休日を過ごしたのはいつ以来だろうってぐらいに。

だから、気がゆるんだ。

ゆるんでしまったから、つい弱いことを言ってしまった。

私は佐原に返事をしようとしたけれど、動かない指先ではうまく文字が打てなくて、再びスマホをしまってしまった。


それから授業が始まっても、手の痺れは取れなかった。

今のところ症状は指先だけだけど、もし足になにかしらの異常が出れば……私はまともに歩くことはできないと思う。

じわじわと侵食してくる病魔に、恐怖を感じている。自分なんてどうでもよかったはずなのに――。

『じゃあ、俺は海月が溶けた海になるよ』

優しいよりも、甘すぎるきみに。温かいよりも、熱すぎるきみに、そんなことを言われたせいで、ほんの少し。

本当に少しだけ、迫《せま》りくる期限の短さに泣きたくなる。

休み時間。私は追加の薬を服用するために食堂前の自販機に向かった。本当は朝のぶんの薬を飲んだばかりだから、もう少し時間をあけないといけないんだけど、シャープペンすら握れない手をひとまずなんとかしたかった。

手のひらを押しつけるようにミネラルウォーターのボタンを押した。

取り出し口に落ちてきたペットボトルを抱えるようにして持ったけれど、どんなにがんばってもフタが開けられない。

ぎゅうと、ありったけの力で回すと、ペットボトルは私の腕から飛び出して地面に転がってしまった。

……はあ。深いため息を吐いて、ペットボトルを拾い上げるためにしゃがみ込む。

ぐしゃりとへこんだペットボトルがまるで自分みたい。フタを開けることもできないのかと思うと、絶望を通り越して失笑してしまう。

と、その時。背後から足音が聞こえた。

ビクッと体が反応したのは、その音に聞き覚えがあったから。

私が覚えている足音なんてひとつしかない。

「どうした？」

しゃがみ込んでいる私の元へ、佐原がゆっくり近づいてきた。

手の震えが止まらない。今だけは治まってと必死でお願いしても、足にまで力が入らなくなってくる。

ダメ。来ないで。来たらバレる。

おかしいって、気づかれる。だからダメ。

「……海月？」

ドクンドクンと胸の鼓動が速い。

「おい、海月。大丈夫か？」

「……来ないでっ!!」

彼の足を止めるように、大きな声を出した。

「今はあっちに行って」

私は背中越しで佐原を突きはなした。

振り向きたくても、手が小刻みに震えているせいでできない。

「……具合悪いんじゃねーの？」

「あんたには関係ないから」

隙を見せたら寄ってくると思った。こんなに余裕がない顔は見られたくない。

「……なんでそうやって言うんだよ」

「……」

「一緒に水族館に行って、海月も楽しんでくれたらうれしいなって思って。少しは距離が縮まった気がしてたのは俺だけ？」

佐原は怒ってるんじゃなくて、悲しんでいるんだってわかった。

「なんで関係ないとか言うんだよ。俺の気持ち、全然お前に伝わってないんだな。もうどうしたらいいかわかんねーよ」

胸が締めつけられてるみたいに痛い。

だけど、私だってどうしたらいいのかわからない。

振り向いて、体がおかしいって言えばいいの？

本当のことを打ち明けたらいいの？

わからない。

私もわからないよ。

「……ごめん。今は私に近づかないで」

声を振り絞って伝えると、後ろから「わかった」という返事が聞こえた。

――『……なあ、俺って海月にひどいことしてる？』

いつか言われた言葉が耳の奥でこだましていた。

ひどいことをしてるのは、きっと私のほうだ。受け入れたようなそぶりをして、こうして容赦《ようしゃ》なく遠ざける。

これでよかったと、言い聞かせて、これでいいわけないと否定してる自分もいて。あっちに行ってと言ったのは私なのに、佐原の足音が聞こえなくなると寂しくなってる。

身勝手で、不安定で、どうしようもない気持ちの置き場所もわからずに、今さら振り向いて誰もいない景色を見る。

北風が頬を伝うひと筋の涙をさらっていった。


放課後になる頃には、手の症状はだいぶやわらいでいた。

といっても、痺れは残ったままで相変わらず力は入らない。今日はバイトがあるけれど、まともにお皿洗いができる状態じゃないし、万が一割ってしまったら店に迷惑をかけると思い、休ませてもらうことにした。

とぼとぼと地面に映る自分の影を見つめながら帰り道を歩いていると、優しく誰かに肩を叩かれた。

「やっぱり海月ちゃんだ」

それは、佐原のお母さんだった。

「……え、あ、こんにちは」

私は困惑しつつも、小さく頭を下げた。

佐原のお母さんは買い物帰りなのか、エコバッグを持っていた。

「海月ちゃんは学校帰り？」

「……はい」

「それにしても海月ちゃんは細いわね。ちゃんとごはん食べてるの？」

「そ、それなりに」

「それなりじゃダメよ。育ち盛りなんだから！」

佐原のお母さんはやっぱりとても気さくで、パワフルだ。

なんて答えたらいいのかわからなくて口ごもる私を見て、佐原のお母さんはなにかを思いついたみたいに両手を叩いた。

「そうだ。今日もまたうちでごはん食べていかない？　今日はしゃぶしゃぶなのよ。ほら、お肉も野菜もこんなに」

「……えっと」

どうしよう。

このあとは家に帰るだけだし、バイトを休んだから晩ごはんは苦手なあのダイニングテーブルで食べることになる。

だったらいっそのことバイトに行ったふりをして外にいよう、なんて考えていたけれど、佐原の家になんて行けるわけがない。だって私は……。

「それとも、海月ちゃんのお母さんはもうごはんの用意をしてるかしら？」

〝お母さん〟という単語に、ピクリと反応した。

「……いえ」

頭に浮かんだのは晴江さんではなく、母のことだ。小学校から帰ってきても、まともなごはんが用意されてたことなんて一度もなかったけど。

「だったら、来て。しゃぶしゃぶはみんなで食べたほうがおいしいから」

「いや、でも……」

「あら、手が冷たいじゃない。おばさんが温めてあげるから早く家に行きましょう！」

少々強引に手を引っ張られた。

断るタイミングを探しながらも、佐原のお母さんの話は止まらなくて。結局、私はそのままお邪魔することになってしまった。


当たり前だけど佐原の家の中は、やっぱり佐原の匂いがした。

今日あんなことがあったなんて知らない彼のお母さんは、リビングでテレビでも見ててと晩ごはんの支度を始めた。

佐原はまだ帰ってきていないみたいで、ホッとした。

今日は校舎で会わないように極力教室から出なかったし、彼のクラスの前も通らな

ている。

なのに私は今、佐原の家にいて、彼が毎日座っているであろうソファに背中を預けていようにしていた。

ずうずうしいって思われる。なんだコイツってあきれられる。でも、楽しそうにキッチンに立ってる佐原のお母さんに『やっぱり帰ります』なんて、言えなかった。

つけたテレビには夕方のニュースが流れていた。

もう少しおもしろい番組がやっているかもしれないけれど、テレビの内容はあまり頭に入ってこない。むしろ、佐原が帰ってきた時のことばかりを考えて焦っている。

と、次の瞬間。換気扇《かんきせん》の音に交ざって玄関のドアが開く音がした。

「ただいま」

ついに来たと思い、私は姿勢をよくしてスカートの裾《すそ》を強く握った。

鼓動が速くなっていく中で、ガチャリとリビングのドアが開く。そして……。

「え、あれ、岸さん……？」

帰ってきたのは、なぜか同じバイトで働いている三鶴くんだった。

「……え、な、なんで……」

頭が混乱して、思考が追いつかない。

なんで三鶴くんが佐原の家にいるの？　今、ただいまって言った？　なんで、どうして……。

「あら、海月ちゃんは三鶴とも知り合いだったの？」

私たちの様子に佐原のお母さんが気づいた。

「し、知り合いというか、バ……」

〝バイト〟と言いかけて、口を閉じる。

そういえば三鶴くんは年をごまかしてバイトをしてるし、親には内緒だって言っていた気がする。

案の定、三鶴くんは言わないでというような表情で、首を横に振っていた。

「えっと、兄ちゃんと一緒にいるところを何回か見たことがあって、それで知ってたんだよ」

三鶴くんがお母さんにうまく説明していた。

「そうなのね。あ、今日はしゃぶしゃぶよ。お父さんは仕事で遅いみたいなんだけど、その代わり海月ちゃんが一緒だからね」

佐原のお母さんは疑うこともなく、再び晩ごはんの準備に戻った。

借りてきた猫のようにソファに座っている私と、リビングのドアの前で立ちつくしている三鶴くん。

目が合ってお互いになんとなく状況を把握《はあく》しながら、三鶴くんはこっそり私のほうに来た。

「母さんに強引に連れてこられたんですか？　すみません」

佐原のお母さんを『母さん』と呼んでいるということは、必然的に、いや、そうじゃなくてもいろいろなことがつながってくる。

「そば嫌いのお兄さんって、佐原のことだったの？」

それで、佐原がたびたび話していた弟は三鶴くんだったということになる。

「……はい」

「私と佐原が同級生って知ってたのは最初から？」

「ち、違います。俺もそれはあとから知ったんです！」

三鶴くんの声が大きくなりかけたけれど、換気扇の音のおかげでお母さんには聞こえなかったようだ。私たちは声のボリュームに気をつけつつ話を続けた。

「佐原は……私と三鶴くんが同じバイト先だって知ってるの？」

「はい。でもそれもあとからです。いろいろと話してるうちに合致するところがあって、それで気づいたみたいです」

三鶴くんが佐原の弟だとわかって、佐原が三鶴くんの兄だと知ると、目元の雰囲気がお互いに重なるところがある。

たまに、三鶴くんの空気感が佐原と似てるな、なんて思ったことが何回かあったけれど、まさか兄弟だったなんて……まだ信じられない。

「兄ちゃんはなにかをたくらんで俺が弟だってことを黙ってたわけじゃないですよ。たぶん、混乱させたくなかったんだと思います」

「……うん、わかってる」

私はマイナスなほうに勘繰る癖《くせ》があるから、もし早くにふたりの関係を知っていたら少なからず世間の狭《せま》さに恐怖を感じていただろうし、もしかしたらわざと三鶴くんを同じバイト先に送り込んだんじゃないかって、佐原を責めるような考えも生まれてしまったかもしれない。

でも今は大丈夫。

佐原がそんなことをたくらむ人じゃないってことくらい、ちゃんとわかっているから。

「この時間に帰ってきてないなら、たぶん兄ちゃん遊んでると思うんですけど、連絡しますか？」

「い、いい。しなくて大丈夫」

佐原がいない間にお邪魔してるのも悪いと思うけれど、やっぱり私はどんな顔をして彼に会えばいいかわからない。

そんな会話をしてるうちに晩ごはんができあがり、出汁の入った鍋《なべ》とひと口サイズに切られた野菜とお肉がテーブルに並んだ。

「ふたりとも座って」

お母さんに言われて、私と三鶴くんはソファからダイニングテーブルへと移動する。

四人掛けのテーブルで私は右側に座り、三鶴くんは私の斜《なな》め前。佐原のお母さんは私の正面で、隣は空席のまま。

「もうすぐ悠真も帰ってくると思うから」

佐原のお母さんにそう言われてドキッとした。

「さっき海月ちゃんが来てるわよって、メールしたのよ。いつもロクに返事もよこさないのに【すぐ帰る】だって。普段もこれだけ聞き分けがよかったら楽なんだけどね」

ふふ、と笑みをこぼしながら、お母さんは冷蔵庫から麦茶を用意してくれた。

……佐原が帰ってくる。

おそらく私の隣に座るであろう彼が、私を見てどう思うのか考えただけで不安になった。

「ひと足遅かったですね」

私のことを気づかうように三鶴くんがぽつりと言った。

彼のお母さんに、佐原には伝えないでくださいとは言えなくても、私が原因で気まずいことになっているという話だけでも最初に言っておくべきだったかもしれない。

ぐつぐつと鍋が沸《ふっ》とうしていて、こんぶ出汁のいい香りがリビングに漂いはじめる。

小鉢におろしポン酢《ず》を入れて、お肉と野菜を少しずつ鍋に入れはじめたところで、ガチャッと勢いよくリビングのドアが開いた。

「はあ……はあ……っ」

佐原は息を切らして帰ってきた。外は寒いというのに、額にほんのりと汗《あせ》がにじんでいて、きっと慌てて走ってきたのだろう。

数秒ほど視線が重なったけれど、私は彼の反応が怖くて目を逸らしてしまった。

「そんなに急いで帰ってこなくてもお肉はなくならないわよ」

なにも知らないお母さんはその様子を見て笑っていた。

「制服を脱いで手を洗ってきなさい」と続けて言うお母さんを無視して、佐原は私の隣に座った。

和やかな食卓なのに、私たちには妙な緊張感がある。

きっと、私から話さなきゃいけない気がする。

でもなんて?

ぐるぐると考えていると、三鶴くんが麦茶を飲みながら佐原に言った。

「岸さん、母さんに無理やり連れてこられちゃったみたいだよ」

……今日は三鶴くんにフォローされっぱなしだ。

すると、佐原は大きなため息を吐いた。

「俺さ、今日昼めし食ってないんだよね。誰かさんを誘ったんだけど返信がこなかったから、勝手にふて腐《くさ》れて昼休みの間はずっと寝てた」

たぶんこれは三鶴くんにじゃなくて、私に向けて言っている。

「……ごめん」

私は消えそうな声でつぶやいた。

「だから俺はめちゃくちゃ腹が減ってる。海月が母さんに誘われたからって譲《ゆず》り合ったりしねーからな」

そう言って彼はしゃぶしゃぶを口に運んだ。

自分の都合で佐原を一方的に遠ざけたのに、あえて普通に接してくれている彼はやっぱり嫌になるくらい優しい人だ。

それから四人で鍋を囲み、私もゆっくり食べはじめた。佐原家で食卓を囲むのは二回目だけど、それぞれの会話を聞いていると本当に仲良しなんだなってわかる。

佐原のお母さんは自分が食べるよりも子どもを優先して、菜箸《さいばし》の動きを止めないし。佐原と三鶴くんは年子だからなのか、譲り合うことはせずにお肉を取り合って喧嘩している。

温かくて、やわらかで、佐原が育ってきた環境はまぶしい。たぶんこれがごく普通の家族の形なんだろう。

私の知らないもの。経験したことがないものが、この家にはたくさんあふれている。

「海月ちゃん、食べてる？」

ぼんやりしていたら、彼のお母さんに声をかけられた。

「え、はい。いただいてます。おいしいです」

しゃぶしゃぶを食べたのは久しぶりで、最初に盛ってもらったぶんはすべて完食していた。

「じゃあ、もっとたくさん食べて」

佐原のお母さんが私の小鉢を手に取る。

「自分でやります」と申し出たけれど、「いいのよ」と、しゃぶしゃぶを取りわけてもらった。

「残してもいいよ。俺が全部食うから」

そんな中でも、佐原は食の細い私のことを気にしてくれる。

「大丈夫だよ」

彼のお母さんが小鉢を差し出してくれたので、受け取るために手を伸ばした。

だけど再び指先に痺れを感じて、私は盛られた具材ごと小鉢を落としてしまった。

「……す、すみません……っ！」

ダイニングテーブルが汚れただけではなく、ポタポタと出汁が床に飛び散っていた。

「海月ちゃん、火傷《やけど》してない⁉」

「火傷はしてないです。でもしゃぶしゃぶが……」

「いいのよ。そんなの。あ、スカートに少し飛んでるわね。三鶴、早く濡れたふきん持ってきて。あとタオルも」

「うん、わかった」

リビングが慌ただしくなってしまって、私は唇をぎゅっと噛んだ。

すると、なだめるように誰かが私の頭をなでた。

「母さんはテーブルを拭いて。海月は俺が見るから」

それは佐原だった。

「本当に火傷してない？」

私の手を確認するように佐原が触る。痺れている指先がなぜか楽になって、触ってくれた部分から感覚が戻っていく。

「手がすべることなんて誰でもあるよ。だから全然気にすることはない」

彼の言葉が、胸にじんと突き刺さった。

きみに嘘をついていることが、きみに嘘をついてまで隠していることが、たまらなく嫌になった。

結局、私が落とした小鉢は少しだけ欠けてしまった。そのことも謝ったけれど佐原のお母さんは笑って許してくれて、三鶴くんは新しいしゃぶしゃぶを取りわけてくれた。

そして帰り道。私は佐原に送ってもらうことになり、ふたりで夜空の下を歩いていた。

「悪かったな、いろいろ」

彼は白い息を吐きながら、首元に巻いているマフラーを口元まで上げた。

「なんで佐原が謝るの？」

「母さんにめし誘われて戸惑わせたり……あと三鶴のことも黙っててごめん」

「驚いたけど、大丈夫だよ」

ふたりが兄弟だったからと言ってなにか不都合があるわけではないし、三鶴くんとはバイト仲間として残りの期間も接していくことに変わりはない。

「ねえ、佐原」

十一月も中旬《ちゆうじゆん》になり、あと一カ月もすれば二学期が終わる。

もっとゆっくりとしたスピードで時間が過ぎていくと思っていたのに、最近はすごく早く感じる。

ひとりで過ごす一日と、心に誰かがいる一日がこんなに違うなんて思わなかった。

「私、佐原のお母さんや三鶴くんや家の中の雰囲気を見ると、佐原が優しいのも温かいのもまっすぐなのも当たり前だなって思うんだ」

愛情をくれる家族がいて、喧嘩ができる兄弟がいて、笑い合える友達がいる。

彼はそういう光ある場所が似合うから、愛されるのも人が集まってくるのも当然だと思う。「だから……」と、言いかけて唇が止まる。

佐原は私が言葉を選んでいることがわかったのだろう。

「だから、海月とは違う？」

言いかけたことを、彼が代わりに言った。

私は時々、佐原といると苦しくなる。

きっと、私が経験しなかったことを、手に入れたかったものを、佐原が全部持っているからだ。

かといって、彼が私と同じ境遇だったらとか、家族にも恵《めぐ》まれずにひとりぼっちだったらとか、そんなふうに思ったことは一度もない。

でも、違いすぎるからこそ、惹かれてはいけないと思っている。

きみの世界を乱したくない。壊したくない。

だって私は、佐原が思うよりずっとずっと重いから。

「……俺、海月といてもその間にすげえ頑丈な壁みたいなものを感じてて。それを無理やりよじ登っていいのか、それとも壁の向こう側でお前が許可してくれるのを待てばいいのか迷ってた」

彼がゆっくりとした口調で胸の内を話しはじめた。

「今日、あっちに行けって言われたの、だいぶこたえた。あきらかに様子がおかしい海月に大丈夫かって心配することも、寄り添うことも許されないのかって情けなくなったし。いつまでたっても平行線で、海月はこのままずっと俺に心なんて開いてくれないんじゃないかって、今日一日モヤモヤしながら過ごしてた」

佐原は私がなにを言っても、なにをしても動じなくて、いつも私の知っている彼のままで接してくれていたけれど……本当は傷ついていたし、悩んでいた。

私は佐原の心の広さに、甘えていただけだ。

「でも、俺」

彼が足を止めた。一歩先に出てしまった私は体を傾けて佐原の顔を見る。

「どう考えてもお前のことが好きなんだよ」

まっすぐに言われた言葉は、冷えた空気よりも先に私の心の中へと入った。

じわりじわりと胸が熱くなって、後ろに倒れてしまいそうな衝撃に、逆《さか》らってる。

「……こんな気持ちになったのははじめてで、自分でも戸惑ってるけど、あの日お互いのことをなにも知らずに夜を一緒に過ごして。〝ありがとう〟って海月が切なく言った理由もわからずにむなしくなるのは、もう嫌だ」

彼はそう言いながら、私の頬に触れた。

「本当はあの時、苦しいって言いたかったんじゃねーの？　助けてくれって言いたかったんじゃないのかよ」

佐原の声が震えていて、どうしたってその目を逸らすことなんてできなかった。

「ああだこうだって、一緒にいられない理由を見つけるより、ああしようこうしていこうって、俺と一緒にいる理由を海月は探せない？」

「…………」

「俺はお前と距離なんか感じたくない。間にある壁だって跡形《あとかた》もないぐらい壊すから、本当の心を見せてほしい」

彼の匂いがしたかと思えば、私は抱きしめられた。

それは痛いくらい、強く強く。

「俺は、海月が好きだ」

佐原の体に包まれながら伝えられた言葉に、ぽろぽろと涙が流れた。

ずっと我慢していたもの、閉じ込めていた感情が一気にあふれ出す。私は彼の背中に手を回した。

きみをこっち側に引き込んではいけないとあらがいながらも、きっともうとっくに手遅れで。

わざと散らばせていた佐原への想いの欠片が徐々に集まってくる。

きみに、言わなくちゃ。

私がずっと秘密にしておきたかったことで、いちばん残酷《ざんこく》なことを。

「佐原、私、病気なの」

好きだって、ここで言えたらよかった。

本当は私もだって、言えたらよかったのに……。

「私……もう、長くないの」

佐原とずっと一緒にいたいけど、そうできない。

いつ死んでもいいと思っていたのに、こんなにも生きていたいと思ったのは、はじめてだった。

＊　＊　＊

嘘だと心で思いながらも、感情を出すのが下手くそな海月が震えて打ち明けてくれたことを、嘘だとは思えなくて。

ただただ弱さをさらけ出してくれたきみを抱きしめて、「大丈夫。そばにいるから」

と繰り返し言ったけれど……。

　本当は、俺のほうが泣きくずれてしまいそうだった。

その日の夜、俺は一睡《いっすい》もすることができなかった。

なにかあるんじゃないかと思っていたことは、俺が想像するよりもずっと深刻で。

海月が途切れ途切れに教えてくれた病気を、ひたすらスマホで調べた。

〝脳腫瘍〟

　病名はもちろん聞いたことがあるし、重そうな病気という知識だけはなんとなく頭に入っていた。調べて、調べて、調べた結果、今までの海月の体調不良と怖いくらい重なった。

　彼女の腫瘍は深い場所にあり、発見した時にはグレード4だと説明されたらしい。

　それは手術、放射線、制がん剤を使っても治る確率は限りなく低くて、宣告された患者は緩和《かんわ》ケアだけをして残りの期間を過ごすそうだ。

　私はもう長くないと、海月は言った。

　そして余命三カ月と告げられたことも、冬を越すことができないことも、彼女はバカな俺でもわかるように教えてくれた。

　こんなにも血の気が引いていく感覚ははじめてで、ずっと心臓がバクバクしている。

……海月が、死ぬ……？

そんなことあるわけないと頭で繰り返しても朝日はのぼる。

海月の余命が一日ずつ削《けず》られていく朝空は、無情にも綺麗な青だった。


「おはよう、悠真」

「ってかなんで昨日慌てて帰ったんだよ？」

学校に着くと、いつもつるんでいる友達が机の周りに集まってきた。自然と騒がしくなる空間で、俺はぽつりと浮いたまま。

ここにいる誰もが病気や死を意識して過ごしてる人はいなくて、ごく普通の十六歳の高校生活を謳歌《おうか》している。

だけど、海月はずっとそういう普通の人しかいない場所で、病気の自分を隠しながら生活していたんだと思うと、胸が苦しくなった。

──『瓶を振っても逆さにしてもクラゲはどこにもいなくて、まるでそこにいたのが夢みたいで。もし、自分が死ぬ時がきたらこんなふうになりたいなって。体が溶けて水になって、それで叶うなら海の一部になって漂いたい。あれからずいぶん時間がたったけど、その気持ちは変わってない気がする』

あの時、なんでそんなことを言うんだろうって思ったけれど、今ならわかる。

海月は覚悟してるんだ。

自分が死ぬということ。命が残り少ないこと。

自分がこの世界から消えてしまうことを。

昼休み。俺は海月にメッセージを送って第三音楽室に呼び出した。

ガラッと扉を開けると、すでに海月が待っていてくれていた。

「ごめん。ちょっと遅くなって」

俺は両腕におさまりきらないほどのパンを抱えていた。実は先ほど食堂前のワゴンで売っているパンを大量に買い占めてきたのだ。

「そんなに食べるの?」

海月がそれを見てきょとんとしている。俺は音楽室の机にすべてのパンを置いて、自分の隣に彼女のことを座らせた。

「一緒に食べようよ」

海月に選んでほしくて、惣菜《そうざい》パンから菓子パンまでありとあらゆるパンを買ってきた。

彼女の病気の症状のひとつに食欲不振があった。正直俺も今はあまりガツガツ食べられる気分ではないし、海月のことを考えるとちっとも腹がすかない。

でも、俺まで気分が沈《しず》んでマイナスなことばかりを考えるのは違うなって。

海月の元気がない時こそ俺が元気でいなくちゃいけない気がするし、食べることは生きることだから、少しでも体に食べ物を入れてほしい。

そんな俺の気持ちを察したように、海月は「じゃあ、これ」とパンを選んだ。それは小さなメロンパンだった。

昨日の出来事が嘘のように、音楽室ではゆっくりとした時間が流れている。

窓も締めきっているから外の音は聞こえないし、この第三音楽室が校舎の外れにあることもあって、廊下を歩く生徒たちの声も届かない。

響いているのは、カチカチという壁掛け時計の秒針だけ。

「逃げてもいいんだよ」

海月がメロンパンをひと口かじったところで、そんなことを言ってきた。

なにから?とは聞かなかった。

だって言葉にはしなくても〝私から〟という彼女の気持ちがひしひしと伝わってきたから。

「逃げないよ」

きっと俺は海月の病気を半分も理解できてないし、深刻に考えたくないと否定してる自分もどこかにいる。

海月みたいに覚悟ができてるわけでも、海月がいなくなることを受け入れるわけでもない。

けれど、真実を知った今のほうがそばにいたいという気持ちが強いし、わからないことが多かった昨日より、海月のことを近くに感じている。

「俺は医者じゃないし病気を消すこともできないけど、海月が長く生きられる未来をあきらめないから」

桜も見たいし海にも行きたいし、これからのことをたくさん考えたい。病気なんかに、海月を持っていかれてたまるか。

「ありがとう」

彼女はやわらかく微笑んで、スカートのポケットから透明なケースを取り出した。

「だったら私ももう隠さない」と、見せてくれたのは以前ポーチの中に入っていた薬だった。

「サプリメントだって嘘ついてごめん」

あの時はよく確認できなかったけれど、種類の違う薬が全部で五種類あった。

「これを飲んでるからって腫瘍が小さくなるわけじゃなくて、ほとんど症状をやわらげるための痛み止め。止めるっていうか、痛みを散らしてるって言ったほうがいいかも」

「……よく見てもいい？」

「うん」

手のひらにのせた薬は市販の風邪薬と変わらない見た目だけど、きっと副作用が強いものもあるんだろう。

「病気のこと、岸は知らないの？」

「うん。美波の家族にも話してない」

「話さなくて……いいの？」

「ただでさえ迷惑かけてるから」

薬代などはバイトでもらってる給料で払っているみたいだし、海月は話さないというより、頼りたくないように見えた。

彼女の家庭事情は理解している。海月の性格からして、最後の最後まで隠し通したいということも。

でも、本当にそれでいいんだろうか。

自分を置いていった母親のことも、岸の家族とのことも、なんにも解決しないままでいてほしくないけれど、海月の気持ちを無理に強制したくはない。

「今日、バイトは？」

「ある。でも定期検診の日だから病院に寄ってからいくよ」

それはたぶん、以前人づてに聞いた隣町の大学病院だと思う。

「……俺も行っていい？」

「え？」

彼女が通っている病院や雰囲気を自分の目で確かめておきたい。海月は「いいけど待ってる間は暇だよ」と、気づかってきたけれど俺はそれでも一緒に行くと答えた。

迎えた放課後。俺は海月と電車で隣町に向かった。病院は三棟の建物が並んでいて、想像してたよりもでかかった。

海月は慣れた様子で受付をすませて、エレベーターの前へと足を進ませた。

エレベーターに乗ると、点滴台《てんてき》を押した入院患者らしき人が乗ってきた。水色の患者衣を着ていて、裸足《はだし》にスリッパを履いている。

その人の邪魔にならないように端に寄る海月も、「何階ですか？」とボタンを押してあげる海月も、全部が慣れた様子だった。今までたったひとりでここに通っていたんだと思うと、胸が詰まる思いがした。

俺たちは五階でエレベーターを降りた。

海月のあとについていく形でたどり着いたのは、『脳神経外科』と書かれた待合室だ。

以前目撃したという女子から言われた時は海月が病気だなんて信じていなかったし、なるべく怖い想像はしないようにしてた。でも実際にこの文字を目にすると、心臓の鼓動が自然に速くなる。

「あんまり病院っていい心地がしないでしょ」

彼女はこげ茶色の腰掛けに座った。

「いつもここで待ってんの？」

「うん。でも今日は混んでないからすぐに名前呼ばれるよ」

俺も海月の隣に腰を下ろしたところで、廊下からカルテを持った人がこっちに向かって歩いてきた。

白髪《しらが》交じりの男性はおそらく五十代ぐらい。その人と海月の目が合うと、彼女のほうが先に頭を下げて向こうも応えるように会釈した。

その人は俺たちの前を通りすぎて、脳神経外科の診察室へと入っていった。

「……誰？」

「担当医の先生。私はあんまり詳しくないけど、けっこう有名な人みたいだよ。あの人に診《み》てもらいたくて地方からも患者が来るって聞いた」

「そう、なんだ」

そんなに評判がある医師なのに、海月の腫瘍を取りのぞいてはくれない。

俺はまだ冷静にはなれないから、手術できないとか、余命とか、ふざけんなって思う。

なにか方法があるんじゃないのか。

この病院には数えきれない医者がいて、豊富な知識と充実した設備があって、こんなに立派な病院を建てられるぐらいの金もあるなら、なんとかして海月の病気を治してくれよって、ギリギリと奥歯を強く噛んでしまう。

「岸さん、どうぞ」

と、その時。海月の名前が呼ばれた。

「じゃあ、行ってくるから」と立ち上がる彼女の手をとっさにつかんでいた。

「どうしたの?」

がんばれ、はおかしい。いってらっしゃい、も不自然。

必死に言葉を探しても結局なにも思いつかなくて「ここで待ってるから」と声をかけたら海月は小さくうなずいた。

……俺が不安になってどうする。つかんだ指先からそれが伝わってなければいいけど。

彼女が診察室に入っている間、だだっ広い待合室を見回した。

観葉植物があって自販機があって、そばには公衆電話もある。俺がイメージしてた待合室よりは明るくて、重苦しい雰囲気は感じない。

でも脳神経外科の扉の向こうにいった海月のことはどうしたってまだ受け入れられ

なくて……その背中を見送るだけの自分がひどく不甲斐《ふがい》ない。

海月はそのあと二十分ほどで診察室から出てきた。再びエレベーターで一階に下りて、薬をもらうためにまたロビーの待合室に座る。

一階は人の出入りが多くて、外来や見舞い客の姿もたくさんあった。

車椅子に乗っている人、お腹が大きい人、咳をしてる子ども。それぞれがここにいる理由は違うけれど、きっと薬待ちをしてる海月を見ても死が近いなんて誰も思わない。

俺もそう。隣に座っていても、海月がいなくなってしまうことなんて微塵《みじん》も考えられない。

「あそこ」

「え……?」

そんな中で、彼女がある場所を指さした。

「あの〝close〟って看板がある場所。日曜日にだけやってるパン屋なの」

向かいのコンビニは営業してるのに、たしかにあの一角だけシャッターが閉められていた。

「あんまり日曜日に来ることがないから閉まってることのほうが多いんだけど、前に一回だけ買ったことがあって。その時に食べたメロンパンの味に似てた。今日佐原が買ってきてくれたやつ」

海月はそう言って、ニコリとした。

きっとこれは俺にしか見せない顔だ。心を許してくれてうれしいはずなのに、いちいち胸が苦しくなってしまう。

「学校のパンなら日曜じゃなくても買えるよ。海月が食べたいなら毎日買い占めてくる」

「カレーうどんも、いつか食べたい」

「うん。めちゃくちゃうまいからビックリするよ」

「そばはダメなのに、うどんは平気なんだね」

そんな会話をしているうちに海月の順番になって、薬を受け取ったあと俺たちは病院を出た。

駅に着いて電車を待っていたら、やたらと海月がスマホの画面を凝視していた。のぞき見をするつもりなんてなかったけれど、ちょうど目に入る角度にいて、画面には登録されていない番号からの電話がかかってきていた。

「知らない番号？」

「ううん。……お父さんから」

海月はお父さんと呼ぶことさえためらっているような声だった。

「出なくていいの？」

彼女の表情からして電話は頻繁にかかってきているように感じた。海月の両親が離婚してることも、父親と一緒にいた記憶が少ないことも前に話してくれたから知っている。

「出ても、うまく話せないと思うから」

そのうちに電話は切れた。画面に着信履歴《りれき》が残ったけれど、海月はそれさえもあまり見ないようにしてる気がした。

「前に十年ぶりに会ったって言ってたけど……」

「うん。実は余命宣告をされた時に付き添ってもらったの。本当はひとりで聞きたかったんだけど、未成年だといろいろとダメなことが多くて」

以前だったら絶対に答えてくれなかったであろうことも、今は隠すことなく教えてくれる。

「それから会ってないの？」

「会おうって連絡はくれるけど返してない」

「海月のことが心配なんだよ」

「うん。わかってる。けど……」

彼女は続きの言葉をのみ込むように、口を閉じてしまった。今まで海月と接してきて、人に頼ることができない性格だということは十分わかっている。

彼女がどんな幼少時代を過ごしてきたか知らないし、その寂しさがどれほどのものだったのかは想像もできない。

でも、もしも自分の家族が余命宣告を受けてしまったらと考えると、居ても立ってもいられない気持ちは想像できる気がする。

たぶん、会ってなにかできるわけじゃなくても、なにかをしてあげたいと願っているのだと思う。

だけどその気持ちを受け取るかどうかは、海月が決めることだとも思う。

今の俺にできることは、海月の寂しさが増えないようにそばにいること。

俺は彼女の手をそっと握った。一瞬だけ驚いた顔をしたけれど、海月は少し恥ずかしそうにして小さく手を握り返してくれた。

そのあと電車に揺られて最寄り駅に着いた頃には、空の色が薄暗くなりはじめていた。

「バイト、きつくないの？」

普通だったらバイトどころじゃないのに、海月は今日もバイトに行く。きっと、家に居づらいというのも理由のひとつなんだと思う。

「体を動かしてるほうが不思議と症状は少ないよ。逆に家にいるほうがつらい時も多いし」

そんな時は決まって、ひとりで耐えるのだろう。同じ家に岸たちがいるのに、そこには簡単に甘えられない距離がある。

それは家族というものが当たり前のようにある俺にはわからないことだ。

「……病気のこと、三鶴くんにも言わないでね」

誰にもバレたくない。それが海月の強い意思。

「でも、あいつちょっと気づいてるよ」

三鶴は海月のことを〝闘ってる人〟だと言っていた。海月が一見、強い人に見えるのはそのせいだと思う。

その細い体では支えきれないほど、彼女はいろいろなものを背負いすぎている。

海月が闘ってる人でも、俺は闘わせたくない。すれ違う女子高生と同じようになんにも考えずに笑っていてほしいだけなのに、なんでこんなに海月だけ……。

「じゃ、私こっちだから」

分かれ道に差しかかり、海月はそば屋がある方向へと向かっていく。今日は海月の背中を見送ってばっかりだ。

「海月……！」

俺は前のめりに声を出した。

「バイト、終わるの何時？」

俺の不安なんて、海月は最初から察している。

海月以上に怖がってることも現実逃避《とうひ》したいことも、ふいに見せてしまう暗い顔も、彼女は全部、気づいている。

だから逃げていいと言った。俺のために、言った。

「迎えにいく。何時？」

でも、やっぱり俺は逃げたくない。

きみが闘う人なら、俺も闘う人になる。

「十時」

海月の瞳が一瞬潤んで見えたのは、俺の吹っきれたような決意が伝わったからなのかもしれない。

「お、佐原じゃん」

海月と別れたあと、同級生の友達に会った。向かってる方向からしていつものバッティングセンターに行くのだろう。

今日も遊ぼうと何人かに誘われていたけれど、海月の病院のこともあって断っていた。

「あれ、用があるって言ってなかったっけ？」

「用あったよ。今その帰り道」

「マジか。じゃあ、暇じゃん！　一緒に行こうぜ」

「いや、パス。そんな気分じゃない」

海月のことを迎えにいく時間まではたしかに暇をもて余すけれど、だからってバイトをがんばってやっている彼女を差し置いて遊ぶのは違う気がする。

「パスとかないから。昨日も先に帰ったし、最近付き合い悪いんだから来いよ！」

「だから、行かねーって」

「今日は一組の女子も来るからさ。俺、密かに狙ってんだよね。美波ちゃん」

その名前にぴくりと反応した。

……岸美波がくる。

正直、前から岸に対しての苦手意識はあった。でも、海月の家庭事情のことは気がかりだし、岸となにか話せることがあるんじゃないかと思い、俺は少しだけ顔を出すことにした。

「あ、悠真来た！」

「今日は来ないって言ってなかった？」

バッティングセンターに着くと、すでに見慣れた顔が集まっていた。

十人以上いる集団の中で、岸は二組の女子と話していた。

岸と一瞬だけ目が合ったけれど、以前のように『佐原くーん』と寄ってきたりはしない。むしろ俺がふたりの関係を知ってからは、岸のほうから近づかないようにしてる気がする。

そのあとみんなは混まないうちに六打席あるバッティングルームに入っていき、順番で遊びはじめた。

一度入ったらなかなか出てこないのがいつものパターンだし、タイミングは今しかないと思い、岸をルームの外にあるベンチに呼び出した。

「で、なに？」

男子からかわいい岸さん、なんて言われているのに、俺の前で猫をかぶる必要がなくなったからなのか岸はすごく無愛想だった。

気だるそうに足を組み、自分に好意があるヤツに買わせた自販の粒入りコーンポタージュを飲んでいる。

「お前と海月の顔って、見れば見るほど似てないな」

今まで岸の顔をまじまじと見たことなんてなかったけれど、海月と血のつながりがあると知った今はつい共通点を探してしまう。

でも、本当に重なるところが全然ないから、同じ名字でもみんなが疑わない理由がわかる。

「当たり前でしょ。ただの従姉妹なんだし」

「でも俺の従姉妹たちはみんな顔似てるよ」

「だからなんなの？　そんなことを私に聞きたいわけじゃないんでしょ」

いきなり家庭内事情をたずねるのはダメかと思って雑談から入ろうとしたのに、どうやら遠回しな聞き方がカンにさわってしまったようだ。

「ふたりが従姉妹だってことを絶対に誰にも言うなって、きつく口止めされたよ」

「あっちもいろいろとバレると困るからでしょ」

「ちげーよ。あいつは自分のことじゃなくて、お前に迷惑かけるから誰にも言うなって言ってきたんだよ」

今だってそうだ。

病気のことも打ち明ければ周りの負担になるからと、海月はいつも自分が我慢するほうを選ぶ。

「どうせあの子から私の家族とうまくいってないことも聞いてるんでしょ」

「海月は家族じゃねーのかよ」

「……家族の中にいるってだけよ」

「そんな考えだからあいつは……」

「そういう考えにしてるのは海月だから！」

岸はスイッチが入ったように怖い顔をした。

「あの子の親が勝手にいなくなって、私たちだっていろいろと戸惑ったの。それでも海月に責任はないからって、施設には預けずにうちで預かることを決めた。みんなあの子のことを一から知っていこうって歩み寄った。でも、海月は全然心を開いてくれなかった」

「……」

「甘えない、頼らない。だから迷惑はかけませんって目をするだけ。そんなふうに距離を置かれたら私たちだって、あの子に多少きつくもなるでしょ」

海月は母親に愛されなかったことで、ずっと自分が悪いんじゃないかと思い続けてきた。

こうして岸の家族の中に自分がぽつりといることも悪いと思っているし、家にいさせてもらえてるだけで十分だと思っている。

だから、それ以上は求めないし、いらないと考えているんだと思う。

海月なりの気の使い方。両方の複雑な気持ちは理解できる。

でも間違っているのは……もしかしたら海月のほうかもしれない。

「本当は岸って、海月と仲よくなりたいんだろ？」

「は？　なんでそうなるの？」

「前になんで海月にちょっかい出すんだって聞いてきたことがあったじゃん。あの時はなんにも事情を知らなかったから気づかなかったけど、あれって海月のことを心配してたんじゃねーの？」

俺と海月の仲が噂になって、海月はそれが原因で嫌がらせをされて。あの時、海月の上履きが中庭の植え込みに捨てられていた。

いつも友達と一緒に行動して、校舎にひとりでいることなんてないのに、あの時だけはなぜか中庭に岸はひとりでいた。

お前が犯人なんじゃないかって疑ったけれど、今ならわかる。

岸はたぶん、あの時の俺と同じように教室の窓から見ていたんだ。

海月が靴下のままで外を歩いているところも、白い上履きが投げ捨てられてるところも。だから俺と同じように拾いにきた。

そして、俺のほうが早く拾い海月に渡したあとに後ろから現れて、なんでちょっかい出すのって。海月と俺は全然合わないって、引き離そうとしてたんじゃないかって思う。

「……べつにそんなんじゃない」

岸はぼそりと言ったあと、友達に呼ばれてバッティングルームへと入っていった。

海月を迎えにいく時間になると、駅前はすっかり大人の街になっていた。キラキラと光るネオンや飲食店に出入りしているサラリーマンが目立つ。

彼女のバイト先の場所は、なんとなく把握できていたけれど、間違っている可能性もあったので事前に三鶴に連絡して聞いておいた。

そば屋の看板はきらびやかに宣伝していた駅前の飲食店とは違って、とてもレトロな装いだった。

たぶんここにそば屋があることを知らない人のほうが多そうだし、知る人ぞ知る穴場のような雰囲気だ。

「海月ちゃん、気をつけて帰ってね」

「お疲れさまでした」

店の前に到着すると、タイミングよく入り口の引き戸が開いた。

「あ……」

中から出てきた海月と目が合った。迎えにいくと言っておいたけれど、まさか本当にいるなんて、という顔をしていた。

「あら、もしかして海月ちゃんの彼氏？」

年配の女性が俺のことに気づいて微笑んでいる。おそらく割烹着《かっぽうぎ》を着ているからこの店の人だろう。

「ち、違います」

海月は首を横に振りながら「失礼します」と逃げるように歩きだした。

「そんなすぐ否定しなくてもいいだろ」

海月に追いついた俺は、ガキみたいにふて腐れていた。

「……苦手なの。ああいうやり取り」

たしかに彼女は恋バナに花を咲《さ》かせるタイプではない。でも少しは冗談でも「えー」と照れてくれたほうが俺はうれしかったのに。

「家に帰ってなかったの？」

海月は話題を変えるように、俺の制服を見た。

「途中で友達に会って、そのままバッティングセンターにいた」

「そうなんだ」

その場に岸がいたことは言わなかった。

「晩めしは家で食うの？」

「いつもはバイト先ですませたりコンビニで買ったりするけど、今日はお腹がすいてないからべつにいいかなって」

「じゃあ、家に帰って寝るだけ？」

「うん。……あんまり帰りたい気分じゃないけどね」

岸に譲れない考えがあるように、海月にも譲れない考えがある。だからすれ違ってしまうし、その溝《みぞ》は簡単に埋まることはない。

そんな複雑な環境で過ごしている海月にとって、家はいちばん憂鬱を感じてしまう場所なのかもしれない。

「帰りたくないなら、少し寄り道してく？」

彼女の体のことを考えれば、寒空の下を出歩かせないほうがいいことも、休ませることが最善だということもわかっている。

でも、帰りたくないという海月に、早く帰りなよ、と言うこともできなかった。

「海月が疲れてなければの話だけど」

「疲れてない。だから……少し、行く」

海月は不器用にそう言った。

そのあと俺は一瞬だけ自宅に寄った。玄関には親父の靴があって、リビングの明かりはまだついていた。

母さんほど口うるさくはないけれど、夜遊びしてる俺をよく思ってはいないので、バレないように二階に上がる。

「なんでそんな泥棒みたいな歩き方してるの？」

用心深く歩いているところを三鶴に見られてしまった。

「なあ、お前の部屋に懐中電灯《かいちゅう》ない？」

「たしか防災用のライトならあるけど、そんなのなにに使うの？」

「いいからちょっと貸してくんない？」と、急かすように言いながら俺は部屋から厚手のダウンジャケットを持ってきた。

弟からライトを受け取り、再び出かける。そして、待っていた海月を気づかうようにして目的地に向かった。

「え、ここって……」

たどり着いた場所は、学校だった。

俺は校門の鉄柵《てっさく》をうまくすり抜けて敷地《しきち》内に足を踏み入れた。海月は戸惑っていたけれど、「大丈夫だよ」と手を差し伸べると、同じように中に入ってくれた。

校舎はもちろんどこも施錠《せじょう》されていて、無理やりこじ開ければセキュリティシステムが鳴って大変なことになる。でも、俺は一カ所だけ手薄な場所があることを知っていた。

――ガラッ。

予想どおり、一階にある生物準備室の三番目の窓が開いた。

誰かが壊したらしい鍵が直されずにそのままになっていて、前に沢木たちと肝試《きもだめ》しをしに校舎に侵入したことがあったのだ。

まあ、入った瞬間になぜか壁にかけられていた標本《ひょうほん》が落ちて、結局ビビってすぐに帰ったんだけど。

窓を乗り越えて俺たちは履いていた靴を脱いだ。荷物になるからと靴は床に置いておくことにして、俺は念のために開けた窓を閉めた。

怖がっているかなと心配になって海月を確認すると、棚にあるホルマリン漬《づ》けをじっと見ていた。

「お前って、変なの好きだよな」

「なんで？　これカエルだよ」

「普通はきゃーとか言って抱きついてくる場面だろ」

「そうなの？」

怖がるそぶりも見せない海月と生物準備室にいてもなにも起こらないことがわかったので、俺たちは場所を移動するために暗闇の廊下に出た。

「コートの上からこれ羽織って」

俺は持ってきたダウンジャケットを彼女の肩にかけた。

「そんなに寒くないよ？」

「海月が風邪でも引いたら俺が嫌だから」

「ありがとう」

足元がわかりやすいようにライトをつけた。防災用だからか蛍光灯《けいこうとう》のような明るさがあって、まぶしいくらいだった。

「夜の学校って静かだね」

「やっと怖くなった？」

「ううん、落ち着く」

背筋を伸ばして廊下の真ん中を歩いている海月は新鮮だった。

いつも学校では目立たないように過ごしてることが多いし、廊下でも端のほうでうつむいている姿しか見たことがなかったから。

俺たちは、海月のクラスである一年一組の教室に入った。暗いだろうと思って持ってきたライトがいらないくらい、教室は月明かりに包まれている。

「うわ、月すげー」

俺はライトの明かりを消した。窓の外に浮かんでいる満月がかなり近くに思えて、こんなに立体的に見たのははじめてかもしれない。

「そういえばバイト先に満月って書いて〝みづき〟って読むそばがあるんだろ」

「まかないでたまに出てくるだけだよ」

「三鶴がうまいって言ってたよ」

月明かりによって机や椅子のシルエットが床に映し出されている。俺はポケットからスマホを取り出した。シャッター音を響かせながら、綺麗な満月の写真を二、三枚撮ってみた。

「佐原って水族館の時も撮ってたよね」

海月は俺と違って水族館の時も今も写真を撮ろうとしない。

「撮るのは好きじゃないんだっけ？」

「だって、残るから」

海月がぽつりとつぶやいた。それは自分の姿がって意味なのか、思い出にってことなのかはわからない。けれど……。

「ちょっと、私の話聞いてないでしょ」

彼女に向けてスマホを構えると、怒ったように顔を隠されてしまった。

「残したいから撮らせてよ」

「嫌だよ」

何度もあきらめずに頼んでも、海月は許可してくれなかった。

「なあ、海月の席ってここだろ」

俺は窓際から二列目の前から三番目の席を指さした。「俺はここ」と、座った席は海月の隣。

「もし同じクラスだったら、俺たち隣同士だったかもな」

そう言うと、彼女は自分の席へと腰を下ろした。

こんなふうに海月が隣にいたら俺は授業中に居眠りなんてしない。むしろ気持ち悪いぐらい海月の横顔ばかりを見てしまうと思う。

「佐原と同じ教室にいるのって、なんか変な感じがするね」

彼女は少し恥ずかしそうに、たれ下がる髪の毛を左耳にかけた。

「同じクラスじゃないと見れないものっていっぱいあるよな」

「……？」

「おはようって教室に入ってくるとこ。出席で名前を呼ばれてるとこ。授業を受けてるとこ。黒板の字をノートに写してるとこ。あてられて答えてるとこ。真剣にテストをやってるとこ。ばいばいって、教室を出ていくとこ。全部クラスメイトじゃなきゃ、見れないじゃん」

考えてみれば同級生は百八十人くらいいるわけだし、その中で同じクラスになれる数はだいたい三十人前後。

毎年クラス替えをしたって、チャンスはあと二回しかないし、好きな人とクラスメイトになるってけっこう難しい確率だと思う。

「来年は見たい。海月と、同じクラスになりたい」

躊躇《ちゅうちょ》することなく、俺は来年という言葉を使った。

彼女がいない未来なんて想像できないし、したくない。

これは現実逃避でもなんでもなくて、俺は海月と二年生になるつもりでいるし、桜が舞う昇降口の玄関でクラス表を一緒に確かめたいと思っている。

彼女は「そうだね」と言ってはくれなかった。

代わりに夜空に浮かぶ満月を見つめながら、思いを巡《めぐ》らせるように遠い目をした。

「……私、入学式の時から佐原のこと知ってた。目立ってたから。金髪で」

今では茶髪に落ち着いてる俺も、以前は上級生になめられないようにと、かなり色を抜いていた。

そのせいで入学早々ヤンキーに呼び出されたりしたけれど、得意の話術でうまく取り入って争いになるどころか逆にかわいがられた。だから調子に乗った。入学したての頃は自分でもあきれるほど粋《いき》がっていたと思う。

「大勢の友達を引き連れて、女子からもちやほやされてて。わざと大きい声を出して騒いでたり、廊下の邪魔なところに座ってたり。適当でチャラチャラしてて、絶対にこの先関わることなんてないだろうなって思ってた」

俺も、海月とこんな関係になっていることが今でも不思議だ。

俺は入学式の海月の姿を覚えていないし、その存在を知ったのは入学してからだいぶ月日が経過した頃だった。

そのぐらい、俺たちは交わらない場所にいた。

──『ねえ、朝まで一緒にいてよ』

あの瞬間までは。

「海月は、なんであの夜に雨の中をフラフラしてたの？　もしかして病院帰りだった？」

「……あの日に宣告されたの。あなたの余命は三カ月だと思ってくださいって」

ドクンと、心臓が悲しい音をたてる。

「死ぬことに対してべつに怖さはなかった。病気だってわかっても、まあ、長生きしたいわけじゃなかったしって、その程度。でも、頭で考えてることと心で思うことは別々で……」

海月の声がだんだんと小さくなった。そして……。

「今でも後悔してる。あんな形で佐原を巻き込んでホテルに行ったこと」

満月に照らされた彼女は俺のことをまっすぐ見ていた。

「あの時は、もうなんだっていいやって開き直ってる自分と、なんで私ばっかりって腹が立ってる自分とふたつの感情があった。そんな時に佐原から声をかけられて、その優しさに私は寄りかかったんだと思う」

あの時の俺たちはお互いのことなんてなにも知らなかった。

知らないままで、抱き合って眠った。ふたりでひとつの夜を分け合うようにして。

きっとあの夜がなかったら、俺たちは今一緒にはいないだろう。

「じゃあ、よかった。声をかけて」

「え……?」

「だって海月を見失わずにすんだ」

寄りかかってきてくれた海月を、少しでも受け止めることができていたのなら。

一瞬でも心の救いになっていたのなら、俺は何度あの日に戻っても海月に傘を傾けるし、夜を一緒に過ごすことを選ぶ。

「巻き込んだなんて言うけど、巻き込まれてよかったんだよ。俺は海月と関わることができて、好きになってよかったって思ってるし、海月のことだけは後悔しない」

絶対に、なにひとつこれからも後悔することは一度だってないと言いきれる。

だから、海月もそうであってほしい。

「……佐原」

泣きそうになっている彼女の頬に触れようとした瞬間、廊下から懐中電灯の光が見えた。

「海月ヤバい、こっち」

「な、なに？」

「しっ」

俺は慌てて彼女の体ごと、机の下に隠れた。光は教室の中へと入ってきて、確認するように左右に揺れている。おそらく学校の警備員だと思う。

夜に見回りしてることは噂で聞いたことがあったけれど、まさか本当にいるとは思ってなかった。

足音とともに光は俺たちの側まで来たけれど、なんとかバレずにすんで警備員は教室を出ていった。

「っあぶねー」

俺はふうと、胸をなで下ろす。「見つからなくてよかったな」と、海月に話しかけたけれど、なぜかうつむいたままなにも言わない。

「ど、どうした？　どこか痛い？」

机の下に無理やり押し込んでしまったし、俺もなんとか海月だけでも隠そうと、体を丸めて覆いかぶさるような体勢だった。

「痛くない。ビックリしただけ……」

目が合ってその距離の近さに今さら動揺する。

「ご、ごめんっ」

急いで机から出ようとしたら、ガンッ！と思いきり頭をぶつけてしまった。

「大丈夫？」

「へ、平気、平気」

その言葉とは裏腹に、俺はもだえながら前頭部を手で押さえた。

動揺して頭をぶつけるとかマジでカッコ悪すぎる……。

「ちょっと見せて」

机の下から出てきた海月は背伸びをして、俺の頭に触った。髪の毛をかき分けるようにして彼女のやわらかい指が侵入してくる。

「あ、少しぼこっとしてる」

たんこぶを発見した海月は心配そうになでてくれたけれど、俺の心臓が持たないので、「本当に大丈夫だから」と、自分から離れた。

警備員が来た時よりも鼓動が速くなってる。そんな俺の様子に海月はたぶん気づいていた。

……男なのに情けないって、思われてなきゃいいけど。

「やっぱり写真、一枚だけならいいよ」

「え？」

「でも私だけが撮られるんじゃなくて、佐原とふたりで。それで同じものをあとで私にも送って」

残ることが嫌だと言った海月。

でも少なからず今は……残ってもいいと思ってくれた。

写真は俺のスマホで撮った。

満月を背景にして、本当に一枚だけ。

撮られなれていない海月が俺の隣で微笑んでいる。

それがどうしようもなく、愛《いと》しかった。

きみと迎えた六回目の朝

きみと撮った写真を、私はいつも寝る前に眺める。

『俺は海月と関わることができて、好きになってよかったって思ってるし、海月のことだけは後悔しない』

そう言われた熱はまだ冷めない。

ねえ、佐原。

私きみといると、一日一日がすごく惜しいよ。


カレンダーはいつの間にか十二月になっていた。二学期の大きな行事でもあったマラソン大会はもちろんあれこれと理由をつけて不参加にして、期末テストも先週無事に終わった。

世間ではすでに大晦日《おおみそか》や初詣《はつもうで》と年末年始の話題になっていて、時間の流れの速さに追いつけない時がある。

「混んでたけど、けっこううまかったな」

週末の今日。私は佐原と街を歩いていた。

こうして学校が休みの日に会うことも増えた。彼はおいしいパスタ屋さんやかわいいカフェを見つけては私を連れていってくれる。

「海月、今日は夕方からバイトだっけ?」

「うん。佐原は？」

「俺は休み。やっぱりシフトを合わせないと、なかなかお互いに休みが重なることってないよな」

実は彼も先月の末からバイトを始めていた。

そんなことひと言も聞いてなかったし、そぶりも感じられなかったけれど、私が知らない間に面接を受けて今は物流センターの荷物の仕分けをしている。

沢木くんという友達の紹介らしいけれど、けっこうな重労働なんだとか。働いている人は全員男性らしいし、この前も飲料水が入った段ボールを何度も上げ下げして、腰を痛めたと笑っていた。

佐原は遊び歩いていた時とは違い、顔つきも精悍《せいかん》になってきた。少年という雰囲気が消えて、ずいぶんと落ち着いた表情を見せることが多くなった気がする。

「なんで急にバイトを始めたの？」

相変わらず学校では友達に囲まれているけれど、以前と比べるとあきらかに人数は減った。

きっと付き合いが悪くなってしまった彼から離れていった人がいるからだと思う。

「んー。いつまでもフラフラしてられないと思ったのと、あと欲しいものがあるから」

「なに？」

とはめずらしくない。

「内緒」
佐原は無邪気な笑顔を浮かべながら、私の手を握った。
会うことが多くなって、遊びにいくことが増えた今ではこうして外で手をつなぐこ
とはめずらしくない。
『あのふたりは付き合いはじめた』なんて、学校で噂されているけれど、彼はとく
に否定しない。私も佐原と手をつないで歩くことに違和感はないし、彼の隣にいると
安心する。
街はクリスマスカラーに染まっていて、カップルは体を寄せ合い、小さな子はジン
グルベルの曲に合わせて飛びはねていた。
クリスマス、大晦日、お正月。
これから待っている数々のイベントごとに、私は参加することができるだろうか。
佐原は気が早いからクリスマスは大きなケーキを買いにいこうとか、年越しは神社
でカウントダウンをして、次の日には初詣に行き、甘酒を片手におみくじを引こうと
計画している。
彼は私と一緒に過ごせると信じて疑わない。
私も前よりしっかりと病気に向き合っているし、どうすることもできないというよ
りは、どうにかしたいという気持ちに変わった。でも……。

「う……っ」

急に胸焼けが襲ってきて、口元を押さえた。

「大丈夫？　気持ち悪い？」

そんな私に佐原は慌てることなく、人が少ない路地のほうへと連れていってくれた。

そして「いいよ」と言いながら、カバンからエチケット袋を取り出す。

先ほど彼と一緒に食べたランチが喉まで上がってきていた。

佐原に優しく背中をさすられると、私は我慢することができずに袋に吐いてしまった。

嫌な味が残らないようにと、彼はペットボトルの水をすぐに用意してくれた。汚いはずの袋の入り口のテープもしっかり止めてくれて、それをコンビニのビニール袋に入れてくれた。

「慣れすぎててちょっとやだ」

佐原は私以上に私のことを理解してくれている。

きっと病気についてもいろいろと調べているだろうし、どんな症状が出てもいいように準備もしてくれている。……それが、うれしいというより、情けない。

吐いている姿を見られてしまう恥ずかしさと、こんなことに慣れさせてしまっている後ろめたさと、もう我慢することもできないほど症状がひどくなっていることが、全部悲しくてつらい。

「いいじゃん。俺は海月がひとりで具合悪くなるより、俺の前でなってほしいよ」

不安定な私の心を見すかしているように、彼はそっと頭をなでてくれた。

「それ、持つから」

私は佐原に持たせたままのビニール袋を受け取る。

吐いたことで体調は楽になった。でも、さっきまでお腹にあったオムライスが外に出てしまったせいで、空気が体の中に入るたびにひんやりした。

「……お腹、空っぽになっちゃった」

せっかくデミグラスソースとトマトソースのオムライスを佐原と半分ずつ食べたのに。

「また食べにいけばいいよ。ポイントカードもつくったし、スタンプがたまるとオリジナルのマグカップがもらえるって書いてあった。二個もらえるようにまた行こう」

離していた手を再び彼が握ってくれた。

そんな佐原を私はじっと見つめる。手はつないでくれるのに、私がこうして視線を送ると彼は必ずわかりやすく照れる。

「な、なに？」

寒さだけではない耳の赤さ。そういうところが少しかわいい。

「佐原は前に戻ったね」

「ん？」

「出会った頃の佐原に戻った気がする」

私の病気を知ったあと、彼は元気がなかった。

いつも私の気持ちなんて関係なく踏み込んできたのに、怯えているような目をしていた時期があった。

でも今は出会った頃のまま。私がなにを言っても、なにをしてもめげないって感じで、強くて引かない瞳をすることが多くなった。

「それっていい意味？」

「わかんない」

私はごまかすように笑った。

もしかしたら佐原は、強いふりをしているだけなのかもしれない。

大丈夫なふり、動揺していないふり。

それでも彼は、私の前で弱いことは言わない。そのぶん、私が弱くなれるようにしてくれている。

ごめんね、なんて言えば佐原は怒るだろうけど、私はやっぱり彼に大きなものを背負わせてしまったと思っている。

私と出会わなければ、なにかが違っていたら、佐原は佐原のまま友達と遊んで、なにも考えずに楽しいだけの毎日を過ごせていたのにって。

でも私……きみがいないともうダメかもしれない。

そう思うほど、佐原のせいで弱くなってしまったよ。

それから夕方になり、私は佐原と別れてバイトに向かった。暖簾をくぐり中に入ると、店内は驚くほどにぎわっていた。

「あ、海月ちゃん。お皿かなりたまってるから、すぐに準備して洗ってくれる？」

清子さんは忙しそうにそばを運んでいて、将之さんも注文に追われていた。

「は、はい。すぐに洗います！」

支度をすませて自分の持ち場に向かうと、たしかに洗い物がたくさん積み上げられていた。

「今日、地域の子ども会だったらしいですよ」

と、その時、私よりも早くバイトに入っていた三鶴くんが後ろを通りかかった。

子ども会はこの近くの公民館でやっているらしい。どおりで店内にいる客のほとんどがお母さんと子どもなわけだ。

「めずらしいですよね。店からきゃーとか、わーとか奇声が聞こえてくるのは」

「いつもサラリーマンが多いからね」

子どもは声が高くて苦手だったけれど、今は微笑ましく思える。

きっとそれは佐原のおかげだ。彼が心にいるから私は気持ちを乱さないでいられるんだと思う。

「今日、兄ちゃんとデートだったんですよね。朝からうるさいくらい浮かれてましたよ」

「そうなの？」

「あと母さんが岸さんに感謝してました。『海月ちゃんと一緒にいるようになって、やっとあの子が真面目になってくれた』って。兄ちゃん、本当に別人みたいに変わりましたから」

その言葉に、私は洗い物の手を止めた。

佐原は真面目になったというより、考え方がしっかりしてきた。前は今さえよければって感じで、難しいことをあえて考えないようにしてた気がする。

それじゃダメだと思ったきっかけは絶対に私だし、そのせいで彼の思考を縛《しば》っているんじゃないかって、心配になる。

「三鶴くん、早く戻ってきて！」

なかなかホールに帰ってこない三鶴くんのことを清子さんが呼んでいた。「はい、今行きます」と、返事をした三鶴くんは思い出したように再び足を止める。

「そういえば岸さんの送別会をやるって、みんな張りきってましたよ」

「え？」

「将之さんがサプライズでって言ってましたけど、岸さんは突然言われるの得意じゃなさそうなので。あ、でも一応ビックリしたリアクションはしてくださいね」

私がバイトをやめるまで、残り二週間。

年内までと伝えたのがつい最近のことのように思えるのに、本当に時間が過ぎるのが早くて困る。

「わかった。教えてくれてありがとう。」

送別会なんて、わざわざいいのにって思うけれど、私のために計画してくれている気持ちがうれしかった
お皿洗いを再開させようと水道のハンドルを上げた、その時。

ズキンッと、激しい頭の痛みに襲われた。

ハンマーで叩かれているみたいな頭痛に耐えきれずに、私はその場に座り込む。

……なに、これ。

頭痛はいつものことだし、痛みにも慣れているはずなのに、こんなに頭が割れそうな感覚ははじめてだ。

「……岸、さん？」

私の異変に気づいた三鶴くんの足音が戻ってきた。でも今は顔を上げる余裕もなくて、痛みとともに頭がグラグラと揺れていた。目は開いているのに視界が真っ白だ。

怖い、なにこれ、なんなの……？

「大丈夫ですか？　岸さん！」

そばにいるはずの三鶴くんの声が、やけに遠くに聞こえる。ズルッと力が抜けた私は、そのまま冷たいコンクリートの上に倒れた。

「岸さん、岸さん……っ!!」

薄れていく意識の中で、佐原の顔がまぶたの裏に浮かんだ。

『俺は、海月が好きだ』

あの言葉が、どれだけうれしかったかきみは知ってる？

『逃げないよ』

あの言葉に、どれだけ救われたかきみは知ってる？

『海月』

きみが呼んでくれる名前に、どれだけ心が跳ねたかきみは知らないでしょう？

このまま、佐原に会えなくなっちゃったらどうしよう。

なにも伝えないまま、離れ離れになっちゃったらどうしよう。

佐原、佐原、佐原——っ。

次に目を開けると、私は知らない部屋にいた。不規則に並ぶ天井の黒い模様は家でもバイト先でもない。

真新しい匂いがするシーツと、ベッドを支えている鉄パイプ。そして鼻をかすめる薬品の香りに、ここが病院だと気づいた。

「海月」

名前を呼ばれて視線をずらすと、そこには心配そうに眉を下げる佐原がいた。

「……佐、原……？」

まだ意識がもうろうとしていて、状況がわからない。

「三鶴から連絡もらったんだ。海月が倒れたあと店の人が救急車を呼んでくれてここに運ばれたんだよ。ちなみにお前が通ってる隣町の大学病院で……」

彼の言葉が言い終わる前に、私はベッドから起き上がって、そのまま子どもみたいに抱きついた。

「え、み、海月？」

動揺してる佐原とは真逆に、私はさらに力を入れる。

「佐原……よかった。もう会えないかもしれないって思った」

途切れた意識の中でも、私はずっと彼の名前を呼んでいた気がする。

「会えるよ。もし海月がどこかに行きかけても俺が絶対に連れ戻すから」

佐原はきっと三鶴くんからの連絡で飛んできてくれたに違いない。それで、片時も離れずに私のそばにいてくれたのだろう。

「……バイト、迷惑かけちゃったかも」

仕事も途中だったし、救急車が店の前に停まったら近所の人だって集まってきたはずだ。

「大丈夫だよ。今は自分の心配して」

彼は私の体を楽な体勢へと戻してくれた。

倒れる前に感じた痛み。

今まで経験したことがないくらいの激痛だった。

覚悟はしていても、まだ先のことのように思えていた死という言葉が頭によぎった。

きっとああやって激しい痛みで意識がなくなり、そのまま目覚めない可能性だって十分にあった。

いつ命が終わっても不思議じゃない。私はもうその領域にいて、ギリギリのところで息をしてるんだって、今は怖いくらい実感している。

「ねえ、佐原」

死ぬかもしれないと思って、彼の顔ばかりを思い出して、どれだけきみが大切か改めて気づかされた。

だから後悔しないように、言いたいことは言っておかなきゃと声を出すと、なぜか佐原は急に深刻そうな表情をした。

「ど、どうしたの？」

「実は今、岸たちがこっちに向かってる」

「……え？」

「バイトで倒れたあと、店の人がお前の家に連絡したらしい。たぶん貧血って理由じゃ通らないと思う」

美波たちが病院に来れば、私がここに通院していたことが看護師の説明でバレてしまう。きっと病気のことも隠しとおすことはできない。

家に連絡したってことは、美波だけじゃなく晴江さんも来るだろうし、もしかしたら忠彦さんだって。

考えただけで、心臓がバクバクと激しく上下していた。

「どうする？」

私の不安をぬぐうように、佐原が優しく問いかけてくれた。

「逃げる？　それとも隠すことをやめる？」

……隠すことをやめる。

そんなこと、今まで考えたことはなかった。

「海月と岸の家族のことはあんまり口を出すことじゃないって黙ってた。でも俺は海月の心にしこりがあるままじゃ嫌だし、ちゃんと話すべきなんじゃないかって本当は思ってる」

「……佐原」

「それに、やっぱり家に帰ってひとりで苦しんでると思うと気が気じゃないし、この先こうやって海月が俺の知らない場所で倒れた時に、お前の状況を知ってる人がいないことがすげえ怖いんだよ」

私は、あの家と家族からずっと逃げていた。

だからなにも告げずにいなくなろうと。荷物を整理して、今まで家にいさせてくれた感謝の手紙だけを置いて去ろうと思っていた。

でもそれは大切な人がいなかった、ひとりだった時の考え。

今はそんな無鉄砲《むてっぽう》なことは不可能だって思ってるし、死にたい気持ちより生きたい気持ちのほうが強いから、自分じゃどうにもならない時には誰かに頼らなきゃいけないと思っている。

その誰かが、今は佐原だけ。

それが怖いと言う彼のためにも、ずっと消えないことが当たり前だと思っていたこのしこりを消すためにも、私は決断しなければいけない。

今まで向き合ってこなかったこと。

本当は、どうしたかったのか。

あの人たちと、どうなりたかったのか。

言えなかったことが山ほどあって、それは死ぬかもしれないと思った時に浮かんだ、佐原への後悔と同じだ。

「……佐原もここにいてくれる？」

ひとりじゃ勇気が出ないことも、彼がいてくれたら私は大丈夫な気がする。

「当たり前だろ。海月の言葉でゆっくり話せばいいよ」

佐原にそう言われて、臆病だった自分がスッと消えていく感覚がした。


そのあとしばらくして、勢いよく病室のドアが開いた。

そこには美波と晴江さんと忠彦さんの姿。どこまでの事実を知って駆けつけてくれたかはわからない。でも少なからず倒れた理由が深刻だということは伝えられている様子だった。

「どういうことなの？」

いちばん最初に病室へと入ってきたのは美波だった。

「バイト先で倒れたって連絡がきて、一応病院に確認したら、あんたの担当医に電話をつなぎますって。担当医ってなに？」

詰めよってくる彼女を止めるようにして、忠彦さんが間に入る。

「さっき受付で海月の病室を教えてもらった時に家族ですと伝えたら、お父様以外に家族はいらっしゃらないと伺っていますが……って戸惑われたよ。普通、病院側は家族関係を聞いたりはしない。聞かれてるってことは……なにかあるってことなんだよね？」

忠彦さんの言葉に、私は大きく息を吐いた。張り詰めた空気の中で、晴江さんはまだ黙ったままだ。すべてを打ち明けるのは怖いけれど、佐原がずっと私の背中を支えてくれているから、大丈夫。

「ごめんなさい。私、本当は病気なんです。脳に悪性の腫瘍があります。見つかった時にはもう手術は不可能で、薬をもらうためにこの病院に通院してました」

思ったよりも、詰まらずに声を出すことができた。でも最後の言葉だけは……。

「……見つかった時、余命は三カ月だと言われました。もうそれから二カ月が経過してます……」

やっぱり声が、震えてしまった。

まるで病室は誰もいないみたいに静かだ。それは呼吸するのもためらうほどに。

「……余命って……」

静寂を切るように口元を押さえたのは晴江さんだった。

忠彦さんも戸惑いというよりは理解ができていないみたいに立ちつくしている。

驚くのも、信じられないのも当然だ。

もしも逆の立場だったら、冗談でしょって思いたくなるほど現実味がないと思う。

でも、美波だけは違う反応を見せた。

「は？　余命？　脳に腫瘍？　あんたなに言ってんの？」

ベッドの上にいる私のことを睨んで、そのまま胸元をつかんできた。

制止しようとした佐原のことを突き飛ばして、彼女の瞳は怖いくらい私のことをまっすぐに見ていた。

「なんで今まで黙ってたの？」

美波は、私の体調不良に気づいていた。

気づかれていたけれど、それ以上探られないようにごまかし続けていた。

打ち明けるタイミングはあったと思う。でも私はそのタイミングさえも見ないようにしていた。

迷惑をかけたくなかったから。

頼りたくなかったから。

どれも本当で、どれも違う。

「言わなくていいと思ったから」

私は言葉を濁さず答えた。

〝言う〟という選択肢が私の中になかったのだ。

ひとりでなんとかしようと、できるだろうと、思っていたから。

「……なにそれ、ふざけないでよっ！」

叫ぶような声が響いたあと、美波は病室から出ていった。追いかけようとする忠彦さんを「今は逆効果だと思います」と、止めたのは佐原だった。

なんとなく、佐原は美波の気持ちを理解しているように感じた。もしかしたら私の知らないところで、なにかを話したことがあったのかもしれない。

そのあと、担当医の先生が病室に入ってきて、私の病気についてより詳しい説明が晴江さんと忠彦さんにされた。

やっぱりふたりは最後まで状況をのみ込めていないような顔をしていた。

そして私はその日から検査入院をすることが決まった。

検査はさほど苦痛にはならないけれど、病院で過ごす一日が退屈《たいくつ》すぎて暇だった。

空の色を観察してしまうほどやることがなくて、楽しみがあるとしたら、学校帰りに佐原が会いにきてくれることぐらいだ。

それでもバイトがある彼は十五分ほどしか病室にいられない日もあって、私は消灯時間の二十一時には眠りにつく。

こんなに規則正しい生活ははじめてかもってぐらい、早寝早起きをする毎日の中で、私は今日も午前中から全身の検査をしていた。

結果が出るのは二、三日先らしいけれど、今のところほかの場所に転移は見つからないと先生から言われた。

その言葉にホッとしつつも、脳の腫瘍の状態がかなり深刻なことには変わらないとも言われて、私は肩を落としながら診察室を出た。

そのまま休憩室《きゅうけいしつ》に向かうと、面会の人たちがちらほらと椅子に座っていた。

私は人を避けるようにして端のカウンター席に腰を下ろす。佐原からメッセージがきてるかもしれないとスマホを確認しようとしたら……。

窓越しに、晴江さんの姿が見えた。

「検査は終わったの？」

「は、はい」

やっぱり私は晴江さんと話すと緊張してしまう。晴江さんの腕には紙袋が提げられていて、私の着替えを持ってきてくれたようだ。

「どれがいいかわからなかったから、普段あなたが家で着てるパジャマを入れてきたんだけど」

「……すみません。ありがとうございます」

「昨日までの着替えは持って帰るからね」

「あ、ベッドの横にまとめてあります」

私の母親代わりになっている晴江さんは、いちばん多く病院に来てくれるし、身の回りのことをしてくれる。感謝もしているし、接する時間は前より増えたけれど、決してその距離が縮んだわけじゃない。

あれから一度も会っていない美波と、戸惑い続けている忠彦さんとは違い、晴江さんの様子は今までと変わらない。

だから私の病気を知ってどう思ったか、なんて表情だけで読み解くことはできなかった。

【バイトの時間が早まったから、今日は夕方そっちに行けない】

晴江さんから着替えを預かったあと、佐原から連絡がきた。

彼は本当にバイトをがんばっている。そういえば欲しいものがあるって言ってたっけ。

佐原の欲しいものってなんだろう。あれかな、これかなといろいろと考えていると、続けてメッセージが届いた。

【今日、岸に声をかけてみたけど逃げられた。また明日話しかけてみる】

佐原は美波のことも私の代わりに気にかけてくれている。私は【ありがとう】【バイトがんばって】とメッセージを返して、検査着のポケットにスマホをしまった。

……病気のことを打ち明けたあの日。まさか美波があんなに怒るとは思わなかった。

美波とは同い年だからこそ接し方が難しかった。

彼女は昔から明るくて友達も多かったから、その妨げにならないようにと小学校、中学校でも私たちは他人のように過ごした。

それでも、美波からの視線は感じていた。

私を見ている視線、気にしている視線。

きっと美波はたくさんある関心の中に、私のことも入れてくれていたのだと思う。

でも以前、彼女に言われたように私は気にかけてもらってもうつむいて黙るだけ。

美波は美波なりに、私との関係を形作ろうとしてくれていた。

それを拒否していたのは……やっぱり私だ。


その日の夜。消灯時間になると病室の電気は自動的に消されてしまった。

暗闇は好きじゃない。することがないから、できることといえば考えることだけ。

私は今までのことを振り返り、母のことも、父のことも、美波の家族のことも、私がなにかひとつでもべつの行動をしていたら、こんなにもこじれることはなかったんじゃないかと思ってしまう。

正解を探すのは難しい。

間違えることは、こんなに簡単なのに。

——ブーブーブー。

テレビ台に置いてあるスマホが鳴った。すぐに確認すると、画面には佐原からの着信が表示されていた。

「はい」

私はドアのほうを気にしながら電話に出た。

『お、やっぱり起きてた』

小声で話す私とは違い、佐原の周りは騒がしかった。雑音から推測して駅のホームだろうか？

「今バイト帰り？」

『うん、ちょっと今日は長引いた。不良品のチェックを任されちゃってさ』

「おつかれさま。終電、間に合いそう？」

『間に合わなかったらはじめてタクシーに乗ろうと思ってたけど、普通に電車があってガッカリした』

彼の明るい声を聞いていると、私も元気をもらえる。

『そっちは消灯時間過ぎてるだろ？　見回りって何時くらいに来んの？』

「人によって違うけど、だいたい深夜十二時過ぎ。だからまだしゃべれるよ」

『よかった』

佐原と会えないだけで、今日は一日がすごく長く感じた。

二カ月前まではなんの接点もなくて、たくさんいる同級生のひとりだったのに、彼は今、私にとってかけがえのない人になっている。

「ねえ、佐原ってりんご好き？」

『なんだよ、急に』

「んーなんとなく」

私は寝ていた体を起こして窓に近づいた。

『好きだよ。アップルパイとか無限に食えるもん』

「はは、そうなんだ」

彼らしいセリフになごみつつ、私はカーテンを開ける。あの日みたいに綺麗な満月でも浮かんでいたらと期待したけれど、今日は雲が多くてなにも見えなかった。

『どうした？』

そばにいないのに、佐原はすぐ私の変化に気づく。

「佐原……私、がんばるよ」

その言葉を言った瞬間、右目からひと筋の涙が流れた。

今日の検査で、私は先生からこんなことを言われた。

『現在の腫瘍の大きさはりんごくらいです。いつ破裂してもおかしくない。この状態で動作や言語に支障がないのは非常にまれなことで、生きていることも奇跡《きせき》に近いです』

もしかしたら私のタイムリミットなんて、もうとっくに過ぎているんじゃないのかな。

だけど、このままじゃ死ねない理由がありすぎて、神様がほんの少しだけ先延ばしにしてくれているんじゃないかって、今日一日ずっとずっと、考えていた。

『今すぐ、そっちに行ってやろうか』

彼の真剣な声が聞こえた。

「ダメだよ。怒られる」

『関係ねーよ、そんなの』

私がひと言〝来て〟と言ったら、佐原はすぐに飛んでくるだろう。

どこにいても地球の裏側にいたって、絶対にきみは私をひとりにはしない。

「じゃあ、今度、私を遠くに連れていって」

本当はすごく会いたいけれど、今日の約束をしてしまったら、今日だけで終わってしまう。

だからタイムリミットが過ぎていても、明日のことさえ不確かでも、私は先の約束をする。

『いいよ。海月が行きたい場所ならどこにだって行こう』

「ありがとう、佐原」

きみが私の生きる未来を信じて疑わないみたいに、私も絶対にあきらめたりなんてしないから。

数日後、私は病院を退院した。本当は入院していたほうがいいと言われたけれど、なるべく通常どおりの生活をしたかったので家に帰る選択をした。

「学校にはちゃんと説明しておいたから」

自宅までは晴江さんの車で帰った。約一週間ぶりのリビングはとても久しぶりな感じがした。

晴江さんは私の病気を知ったあと、忠彦さんと相談していろいろな手続きをしてくれた。

ほかの生徒たちには秘密にする約束で脳腫瘍だということを話し、学校側は回復する願いもこめて休学という形を取ってくれた。

「バイト先の人たちはあなたのことをどこまで知ってるの？」

「病気のことは言ってません。でも今月いっぱいでやめるということはすでに伝えてあります」

「……どうするの？」

私が入院している間、代わりに三鶴くんがたくさんシフトを入れてくれたと、佐原から聞いた。

本来の予定ではあと四回ほどバイトに行くことになっていて、今日も短い時間だけど夕方から入っている。

退院することは事前に電話で清子さんに伝えた。清子さんは私が倒れた原因を深く聞かずに本当に心配してくれて、将之さんと一緒にお見舞いに来てくれる予定だったそうだ。

本当のことを言えば、もちろんバイトどころではないと、すぐにやめる方向に話がいくだろう。

でも家に帰ることも学校に行くことも憂鬱だった私が、バイトだけはそう感じたことが一度もなくて、あのそば屋は私にとって大切な居場所だった。

「予定どおり、最後の日までバイトは行こうと思ってます」

ちゃんとお礼も言いたいし、やめると言った日まではやり通したいという気持ちが強い。

「わかった。その代わり無理はしないで、なにかあったらすぐに連絡しなさい」

晴江さんは淡々と言いながら、ルーティンのように冷蔵庫を開けて晩ごはんの献立《こんだて》を考えはじめた。

「……あの」

いつもなら話が終わればすぐ二階に行くけれど、私はまだリビングにとどまったまま。

「着替えとか学校への連絡とか、いろいろとありがとうございました」

晴江さんはなにかを言いかけるように私のことを見たけれど、結局なにも言わなかった。

入院はしたくないという私の意見を聞き入れてくれたことも、病気のことを隠していたのに家に帰ってこれる環境をつくってくれていることも、全部晴江さんが許してくれたからできていることだ。

本当に感謝している。

でも私は言葉を知らないから、「ありがとう」という五文字でしか気持ちを伝えることができない。

そんな歯がゆさがぬぐえないまま、私はバイトに向かう時間まで部屋にいることにした。

自分の部屋だけど、ここは使わせてもらっている部屋だと、ずっと遠慮しながら過ごしてきた。けれど一週間ぶりに帰ってきて、ずっと窮屈《きゅうくつ》に感じていたはずの部屋なのに、不思議と安心感に包まれている自分がいた。

六年前にこの家に来た時、ここは空き部屋になっていて物はひとつも置かれていなかった。

だから私も必要なものだけをそろえて、無駄なものはいっさい買わないように心がけていたのに、やっぱり六年も使っているとすべての物に愛着はある。

勉強机も本棚もベッドもクッションも、思えば全部晴江さんや忠彦さんが買ってくれたものだし、私は頼りたくないなんて口では言っていても、頼りながら生活していたように思う。

【海月のことだからバイトに行くんだろ？　帰りは迎えに行くから】

スマホを確認すると、佐原からメッセージが届いていた。

彼は私の性格を知っているから、動かずに安静にしてろ、とは言わない。きっと晴江さんもそう。

言ったところで頑固な私が折れないことをわかっているから、バイトのことに関して口を出してきたりはしない。

そうやってお互いにわかっていることがたくさんあるはずなのに、どうしたって躊躇してしまう言葉があって、私は本音で話せるタイミングをずっと探している。

＊＊＊

はじめて海月を見た時、笑顔の欠片もないヤツだと思った。

なにを考えているかわからないくらいぼんやりとしてるくせに、人から話しかけられれば気安く関わらないでという目で虚勢を張る。

だから、気になった。

海月の中にどんな感情があって、どんなふうに心が揺れ動くのだろうと。

俺の願いは最初から変わってない。

ただ、ただ心の底から笑ってほしい。

それで叶うなら、ずっと俺の隣にいてほしい。

学校では二学期が終わり、冬休みになった。

毎日布団から出たくないほどの寒さだけど、最近は早起きが習慣になっているおかげで、だらだらと昼まで寝ていることはなくなった。

「寒すぎて手が動かねー」

今日は午前中からバイトで、紹介してくれた沢木と一緒だった。

仕事内容は主に指定された荷物を提示されている数ごとに分類していき、ベルトコンベアで流れてくる宅配物を発送場所に合わせて仕分けするというもの。

バイトははじめてだったけれど、マニュアルがしっかり用意されていることもあって仕事はやりやすい。が、唯一難点をあげるなら倉庫が外のように寒いことくらいだ。

「クラスのヤツらがみんなで集まってクリスマスパーティーしようって言ってたけど、佐原はどうする？」

そういえば誘いの連絡が何人かから来ていた気がするけれど、忙しすぎて返事をしてなかった。

「俺は海月と予定があるから」

彼女は退院したあと、今までどおり病院の薬を飲みながら過ごしている。バイトがある日は迎えにいって、ない日は俺の自宅に呼んで遊ぶことも多い。

「やっぱり岸さんと付き合ってんの？」

「どうかな」

「岸さん二学期のあとのほう休んでたけど、なんかあった？」

「……ただの風邪だよ」

俺ははぐらかすように荷物の仕分けを黙々とやった。

入院していた時の検査結果を海月に聞くと『よくも悪くもなってなかった』と答えるだけで、あまり詳しいことは話してくれなかった。

もしかしたら、なにか嫌なことを言われたのかもしれない。わからないけれど、海月の些細な表情の変化からそうだろうと、勝手に思っている。

もうすぐ今年が終わる。

年が変わったら、彼女が宣告された期限がやってくる。

俺は海月と春を迎える気でいるし、海月が死ぬなんて考えられない。でもそれはきっと、俺が考えることを全身で拒否しているだけ。

時間は待ってくれない。

病気は海月の体から出ていってくれない。

だから、叫びたくなる。

そういう衝動を、俺はこうして忙しく過ごすことで抑えているのかもしれない。

「佐原、ちょっと」

昼休憩に入って、この倉庫を取りしきっているセンター長に呼ばれた。

「佐原って、たしか週払いだったよな？」

「はい。そうです」

ここでは給料のもらい方を自由に選べて、俺は入る時に週払いを選択していた。

「俺、これからべつの倉庫に行く予定があるから先に渡しておこうと思って」

「ありがとうございます」

センター長から茶封筒を受け取ると、なんだか先週のぶんよりも厚い気がした。

「なんか多くないですか？」

誰かと間違っているんじゃないかと思って、確かめた。

「間違えてないよ。この前も残って検品作業を手伝ってくれたし、トラックに荷物を詰め込んでくれるのも本当に助かってるからさ」

自分がしたことをこうして認めてもらったのははじめてだった。

海月もきっとこういううれしさを経験したからこそ、バイトに一生懸命だし、今も最後までやり続けたいんだなって、少しだけ気持ちが理解できた。

「クリスマスに休み入れてるってことは彼女がいるんだろ？　けっこうシフト詰め込んでたけど、もしかしてプレゼントでもあげる予定なの？」

「はい。これから買いにいきます」

「じゃあ、今日は残らずに帰れよ」

俺は茶封筒を握りしめて、センター長に頭を下げた。

バイトを始めた理由はいくつかある。

いつまでも遊びほうけていられないと思ったのと、海月が働いている時になにもしてない自分が嫌だったのと、あともうひとつ。

あの〝透明なケース〟を見ていた綺麗な横顔が忘れられなかったから。

俺はバイト終わりに急いであの場所に向かい、欲しいものを無事に買うことができた。

売り切れていたらどうしようって心配だったけれど、まるで俺のことを待っていたかのようにあの日のままで置かれていた。

俺は海月にメッセージを送りながら、帰りの電車に揺られていた。そして最寄り駅に到着して改札を抜けた瞬間、見知った顔と目が合った。

また逃げられると思ったけれど、向こうも俺と鉢合わせしたことに動揺してる様子だったから、その隙に近寄った。

「遊びの帰り？」

「関係ないでしょ」

〝岸〟はあからさまに不機嫌になった。なんだか出会った頃の海月を見ているような感覚だ。

「……あの子とこれから会うの？」

岸はあえて海月の名前を出さないようにしてる感じだった。

「いや、今日はもう家に帰るよ」

気温がずいぶん下がってきてるし、免疫力がただでさえ弱っている海月をむやみに出歩かせたくない。

「そんな悠長《ゆうちょう》でいいの？　あの子、死ぬんでしょ」

その言い方が気になって、俺は岸に鋭い視線を向けた。

「だってそうでしょ。余命三カ月っていっても、その前に死ぬ確率だって十分にあるってことじゃない」

「だったらそれ以上に生きる確率だってあるよ」

「どっちにしたって長くないってことでしょ」

早足で歩く岸の腕を強くつかんだ。

「なに？　大声出すよ」

「いつまでも意地張ってんじゃねーよ。海月が簡単に本当のことを言えなかった気持ちぐらいお前だってわかってるだろ」

俺は海月のことが好きだからどうしたって彼女の味方になってしまうけれど、岸の気持ちだって理解できないわけじゃない。

海月と暮らした六年という月日の中で、岸も我慢していたことがたくさんあっただろうし、それが積もりに積もってふたりの間にできてしまった溝が深いこともわかる。

でもこの瞬間にも時間は過ぎていく。

海月を大切に思えば思うほど、苦しいくらい速く感じられる。

「……わかんないよ。あの子の気持ちなんて」

岸から手を離すと、その腕は力が抜けたようにストンと落ちた。

「私、あの子のこと苦手だったし、嫌いだって思ったこともあるけど、病気で死ぬかもしれないなんて考えたことは一度もなかった」

岸は怒りというよりは、悔しいような顔をしていて、ぽつりと胸の内を話してくれた。

「あの子はどうせ行くところなんてないんだろうし、なんだかんだ言いながらうちで一緒に暮らして、もう少しお互い大人になって、お酒でも飲めるようになったら、話せることがあるんじゃないかって思ってた」

「……岸」

「なのに、なんで病気なのよ。余命ってなんなのよ。そんなの信じられるわけないじゃない……」

岸の震える声を聞いて、俺まで思いが込み上げてきた。

「それ、俺じゃなくて海月に言ってやって」

解決してあげたくてもできなかったこと。

海月の心のしこりは、俺では取りのぞけない。

でも岸のこの気持ちを知ればきっと、海月は泣いて喜ぶと思うんだ。


クリスマスの日。俺は海月を家まで迎えにいった。

彼女の様子からして、岸と話し合ったそぶりはない。おそらく岸もタイミングをうかがっているのだろう。

「このまま家に直行でいいよな？」

「ケーキは？」

「夕方に届けてくれる予定になってるから大丈夫」

今日は最初から俺の自宅で過ごすことになっている。本当は街のイルミネーションでも見にいけば少しはクリスマスらしさがあるのかもしれないけれど、やっぱり海月の体調を考えてゆっくりと室内で過ごそうとふたりで決めた。

「ねえ、今日雪が降ったら二十年ぶりのホワイトクリスマスらしいよ」

「とかいって毎年降らないパターンじゃん」

「じゃあ、降ったらどうする？」

「んーいいものあげる」

そんな他愛ないやり取りをしてるうちに、家に着いた。コートを脱いだ海月は、リビングをしきりに見渡している。

「あれ、お母さんや三鶴くんは……？」

「母さんと親父はデート。三鶴は友達の家に行った」

「そうなの？」

海月は少し残念そうな声を出した。

海月がクリスマスにうちに来ることを伝えたら母さんは『みんなでクリスマスパーティーをしよう！』と案の定、張りきりだした。

これはまずい流れだと思って『親父とうまいものでも食べてくれば』と、給料からお金を少しだけ渡した。まあ、要するに俺は金で母さんたちに出かけてもらったというわけだ。

ちなみに三鶴も空気を読めよという態度を見せたら、文句も言わずに出かけてくれた。

「俺とふたりきりじゃ嫌なの？」

俺ははじめからそのつもりだったのに。

「嫌じゃないよ。でも佐原の家でふたりきりだと変な感じがするだけ」

海月がいつもよりオシャレをしてることは家に迎えにいった時から気づいていた。クリスマスだということを彼女も意識してくれてることがうれしくてかわいくて。やっぱりみんなを出かけさせてよかった。

俺たちはそのあと、のんびりとテレビゲームを始めた。ゲームをしたことがない海月が機械を見つけて、やってみたいと言ったからだ。

いつも弟とやっているソフトはグロいものばかりだし、クリスマスにゾンビはないだろうと、車を走らせて対戦するものを選んだ。

「え、待って。強くね？」

コントローラーの操作もわからないという海月にやり方を教えたばかりなのに、俺はあっさりと抜かれてしまった。

「そうなの？　簡単なコースだったからじゃない？」

「じゃあ、難易度高めのコースやろうぜ」と二戦目をすぐにやったけれど、やっぱり俺のキャラクターは二位で、海月が一位でゴールした。

「これおもしろいね」

どうやら海月はゲームが気に入ったらしい。はじめてなのに俺よりもセンスがあるし、なによりコントローラーの手さばきが早い。

想像では俺が簡単に勝って『海月には難しいかも』なんて言いながらカッコつけるつもりだったのに。

「なんか拗ねてる?」

「す、拗ねてねーよ!」

ムキになってそのあと何回も対戦したけれど、海月がうまくなっていく一方なのでゲームはやめた。

次にリビングに持ってきたのは俺の幼少期が写っているアルバムだった。もちろんこれも彼女からの要望だ。

普段はあまりこれがしたい、あれがしたいと言わない海月が今日はたくさん希望を言ってくれる。

「かわいいね」

彼女が見ていたのは俺が赤ちゃんの頃の写真だった。おそらく退院した日に撮ったのだろう。白いおくるみに包まれていて、穏やかな顔をして眠っている。

「でも少し小さい?」

「あーなんか俺、未熟児だったらしいよ。生まれてすぐに保育器に入れられて退院するまで一カ月かかったって母さんが言ってた」

まあ、今ではこんなにもでかく成長してしまったわけだけれど。

「そうだったんだ。なんかこの子が佐原だなんてちょっと不思議」

そう言って海月はやわらかい指先で俺の写真を触った。なんだかくすぐったい気分だ。

「……私ね、自分の赤ちゃんの頃の写真って見たことがないの」

彼女がぽつりとつぶやいた。

「たしか幼稚園の頃の写真は何枚かあった記憶があるんだ。ほら、遠足とかの集合写真とか。でも、それ以前の写真は一枚もなかった」

その瞳はすごく寂しそうだった。きっと海月は自分の写真がないことを両親には聞けずに、ずっと自問自答してきたのだと思う。自分はいらない存在なのではないか、愛されていないのではないかと、ひとりで泣いた日もあったのかもしれない。

「俺は海月の赤ちゃんの頃を想像できるよ」

「……え？」

「毛質が細いからたぶん髪の毛はふわふわしてて。まつ毛が長くて耳も口も手も小さくて透き通るように肌《はだ》が白い。今と同じようにすげえかわいかったと思う」

俺だったら、愛しくてたまらない。

彼女の母親が、どんな理由で海月のことを置いていったのかはわからない。

いちばん近くにいてほしかった人が離れていってしまった苦しみは計り知れないし、過去に戻って海月の孤独を埋めることはできない。

でも俺はそういう日々を耐えてくれた海月に感謝している。

だって、そうじゃなきゃ俺たちは出会えなかったから。

「ありがとう」

俺は瞳を潤ませながら笑う海月の頭を優しくなでた。


夕方になると、事前に頼んでおいたケーキが届いた。

海月は俺に任せると言ってくれたので、前に一緒に行ったケーキ屋で苺《いちご》のショートケーキを注文した。

クリスマス仕様になっているボックスを開けると、宝石みたいな苺がたくさんのっていて、真ん中にサンタとトナカイのメレンゲドールが仲よく並んでいた。

「食べるのがもったいないね」

海月は目に焼きつけるようにケーキを見ていた。

「なんかやっとクリスマスっぽくなってきたな」

「今までクリスマスっぽくなかった？」

「うん。だって俺、ゲーム負けたし」

「まだ根に持ってるんだ」

「ちげーよ。俺は勝って海月にいいところを見せたかったんだよ」

そんな子どもみたいな俺に、海月はクスリと笑った。

「私、クリスマスって街も人も明るくて苦手だった。そういうのは自分には関係ないって冷めたように感じてたけど、ひとりじゃないクリスマスってこんなに楽しいんだね」

俺もこんなふうに大切な人と過ごすクリスマスははじめてだ。

俺はおもむろに洋服のポケットに手を入れて〝これ〟をいつ渡すべきかを考えていた。すると、彼女の視線が突然、窓のほうに向けられた。

「ねえ、見て」

確認するように外を見ると、空から天使の羽みたいな雪が舞っていた。

「私が言ってたこと、あたったね」

それは二十年ぶりのホワイトクリスマス。

俺も今までクリスマスが特別だと思ったことはなかったし、なんとなくみんなで騒げればいいと思ってた。

でも今日のクリスマスは、いちいち思いが込み上げる。

きっと隣に海月がいるからだろう。

「じゃあ、本当に降ったからいいものあげる」

海月の肩に触れて、くるりと後ろを向かせた。

そしてポケットに入っていた小さな箱からプレゼントを取り出して、彼女の首につけた。

「え……これって……」

海月は窓に反射して映る自分の首元を見た。

そこにはシルバーの華奢なチェーンに、キラキラと輝《かがや》くガラスのペンダントトップがついていて、中には海を漂うように浮遊する二匹のクラゲがいる。

「クリスマスプレゼント」

ずっと頭の片隅に残っていた水族館での海月の姿。

あの時は買うことができなかったけれど、いつか海月につけてほしいと思っていた。

「な、なんで……。高かったでしょ？」

「いいんだよ。俺があげたかったんだから」

彼女は肌が白いから、淡いブルーのネックレスがよく似合っていて、すごく綺麗だった。

「ありがとう……。でも私、なにもプレゼントとか用意してなかったよ」

「海月と一緒にいられるだけで俺は十分だから」

そう伝えたあと、俺は彼女の体を引き寄せて抱きしめた。

出会った頃よりも海月は細くなってしまったけれど、体温は今のほうがずっと温かい。

「好きだよ」

俺が言おうとした言葉を海月が先に言った。

「え……？」

聞き間違いかと思って目を丸くする。すると、彼女は優しい顔つきで俺のことを見た。

「そういえば言ってなかったような気がして」

不器用に微笑む顔が愛しくて愛しくて、俺は海月の頬にそっと手を添える。

お互いの鼓動が重なり合って、俺たちは自然にキスをしていた。

軽く触れた唇を離して、もう一度確かめるように交わした。

こんなにも誰かのことを好きになるなんて思わなかった。

こんなにも海月のことが愛しい。

しばらく見つめ合って、キスをした余韻と距離の近さに緊張してる自分がいて。海月も同じ気持ちなのが瞳を見てわかったから、ふたりして照れてしまった。

「ケーキでも食べようか」

放置したままのメレンゲドールが、切なそうにこっちを見ている。

「うん。そうだね」

「待ってて。今取り皿とフォークを用意してくる」

俺は海月の体から手を離してキッチンのほうへと向かう。まだ唇にやわらかい感触が残っていて全部が熱かった。

甘いものは大好物だけど、すでに胸がいっぱいであんまり食べられないかも、なんて考えていると……。

バタンッという、妙な音が背後から聞こえた。嫌な予感がして、おそるおそる振り返る。

「……海、月？」

そこには床に倒れている海月がいた。

「……海月っ!!」

駆け寄った時には、すでに意識はなかった。

揺さぶることは危険だと思い、無我夢中でスマホを取り出して救急車を呼んだ。

海月は大学病院へと運ばれた。

同行した俺は彼女の名前を呼び続けていた。

「海月、おいっ、海月……!!」

ストレッチャーに乗せられている海月の口には酸素マスクが装着されていて、危険な状態だということはすぐにわかった。

「付き添いの方はここまででお願いします」と、引き離されるように看護師に言われ、俺は救急処置室の扉の前で立ちつくした。

足が、指が、全身がガクガクと震えていた。

さっきまで笑っていたのに。抱きしめ合っていたのに。キスをしたのに、今は海月がひどく遠い。

もしも、海月がこのままいなくなったら……？

ずっと考えないようにしてた現実が、じわじわと押し寄せてくる。

そのあと、どれくらい時間がたったかはわからない。しばらくして救急処置室の扉が開くと、そこから海月の担当医が出てきた。

「海月は……っ⁉」

「まだ自発呼吸は弱いけど、一命は取りとめたよ」

その言葉に、体の力が抜けてしまった。

「でも頭から倒れていたら内出血を起こしておそらくダメだった。右肩にアザができていたから無意識に頭をかばって倒れたんだろうね」

きっと倒れる瞬間は意識がもうろうとしてたはずなのに、まだここにいようとしてくれている海月の強さに涙があふれてくる。

俺はずっと彼女の心が折れてしまわないように、明るい言葉ばかりをかけてきた。

だって、嫌なことを想像してしまえば、どんどんそっちに引っぱられてしまうから。

でも本当は海月が病気だと知って。長くないと打ち明けられた日から、怖くて怖くて仕方がなかった。

「……お願いします。海月を助けてください。なにか治療してください。……お願いします」

海月をむしばんでいくものをなんとかしたいのに、できなくて。

それが悲しくて無力で、立っていられないほど悔しかったから、『大丈夫。海月がいなくなるわけがない』って、自分に言い聞かせていた。

「なんとかしたい。けど、治療をしないことが彼女にとっての最善の治療でもあるんだよ。無理に手術をして脳を傷つければ、余計に彼女を苦しめることになる」

それを聞いて、俺は先生の白衣をつかんだ。

「……なんだよ、それ。あんた有名な医者なんだろ？　地方からも患者が来るほどの腕を持ってるんだろ⁉　だったら、治してくれよ！　海月の腫瘍を早く消してくれよ」

俺はうなだれるように訴《うった》えた。

海月が助かるなら、なんでもする。

だからあいつを連れていくな。

海月を、遠い場所に連れていかないでくれ。

「今は眠っているけど、落ち着いたらじきに目を覚ます。だから彼女のそばについていてあげてください」

「……っ」

俺は本当に無力だ。

海月は救急処置室から一般《いっぱん》病棟へと移された。家族にも連絡したと看護師が言っていたから、そのうち岸たちも来るかもしれない。

ベッドで眠る海月の顔に触った。

まだ体温があることにホッとして。だけど、彼女の命の期限が迫っていることは紛《まぎ》れもない現実だ。

俺はもっと自分が強い人間だと思ってた。

でも違った。俺はこんなにも弱い。弱い……。

俺は海月の温もりが消えないように、ずっと手を握っていることしかできなかった。

「……佐原……？」

目を覚ました海月は、自分が倒れたことも、ここが病院だということもわかっているようだった。

「ごめん。私また……」

「いいんだよ。気にすんな」

手を握ったまま笑うと、海月はじっと俺の顔を見つめた。

「……泣いた？」

「え？」

「目が赤くなってる」

一応、顔はトイレで洗ってきたのに。俺は彼女を不安にさせないために、また笑顔を浮かべた。

「泣いてねーよ。目にゴミが入ったんだよ」

赤さを隠すために目をこすると、海月が止めるようにしてベッドから起き上がった。

「ま、まだ寝てろって……」

「大丈夫」

そう言って、海月は俺の目元をなぞるように触った。

「ごめんね。心配かけて」

違う。ごめん、なんて海月が言うことじゃない。

誰も悪くない。憎《にく》いのは、海月を苦しめる病気だけ。

胸の中に押し込んでいた言葉が、喉まで上がってくる。ずっと言いたくても言えなかったこと。

言えば海月は自分を責める。

でも、言わずにはいれない。

「……なんでお前なんだろうな」

声の震えを、もう隠せなかった。それと同時に海月の前では絶対に見せないと誓《ちか》っていた涙がぼろぼろとあふれはじめた。

「世の中にいろんな人間がいて、自分で命を捨てるヤツだって数えきれないほどいるのに、なんでお前なんだろうな。なんで、海月なんだろうな……っ」

いなくなることを想像しただけで、こんなにも底知れない悲しみが襲ってくるっていうのに……。

本当に海月がいなくなってしまったら、俺はどうすればいい？

「俺の寿命を半分やる。だから死ぬな。俺を置いて死なないで……海月」

弱さをむき出しにした俺を、海月はただ黙って抱きしめてくれた。

俺は長い時間、ずっとずっと、海月の胸で泣いた。

きみと迎えた始まりの朝

私はずっと、ひとりで闘っていると思っていた。

でも違う。

私が苦しく思うと、きみも苦しい。

きみの涙を見て、きみの弱さを見て、私はきみのために一秒でも長く生きたいと思った。

だから、どうかもう少しだけ時間をください。

彼と生きる世界を私にください――。

――コンコン。

平日の静かな昼下がり。病室のドアがノックされて返事をすると、外の空気をまとった三鶴くんがやってきた。

「こんにちは」

「うん。こんにちは」

倒れた日から一週間以上が過ぎて、いつの間にか新しい年を迎えていた。

世間では穏やかなお正月ムードなのに、私はあれからずっと病室のベッドの上で過ごしている。

「兄ちゃんは夕方から来るって言ってましたよ」

「うん。さっきまで電話してた」

佐原は三が日を終えて、またバイトの日々。私へのプレゼントを買うために始めたバイトだったらしいけれど、仕事の先輩にも頼りにされているようで、これからも続けていくと言っていた。

「それで、今日はどうしたの？」

三鶴くんが訪ねてくることは事前に佐原から聞いていた。

私が倒れてほどなくして、三鶴くんには病気のことは話した。

三鶴くんとは佐原の弟だとわかる前からの知り合いだし、私が行けなくなってしまった間のバイトもずっとフォローしてくれたから。

「これを届けにきました」

「……なに？」

三鶴くんから手渡されたのは一枚の色紙だった。そこにはお疲れさまという文字と一緒にたくさんの寄せ書きが綴《つづ》られていた。

「バイトのみんなからです。あ、常連だったお客さんのもあります」

【うちで働いてくれてありがとう】

【海月ちゃんがいてくれたおかげで、すごく助かりました】

【お皿が綺麗なおかげで、おいしく食事ができました】

【いつでも戻ってきてね】

【今度はお客さんとして来てください】

将之さんに清子さん、常連の人や、あまり話したことがなかったバイトの先輩までメッセージを書いてくれていた。

「みんな送別会ができなくて残念がってましたよ」

結局、年末まで続ける予定だったバイトは、また入院することになってしまったので最後までやり通すことはできなかった。

本当は這《は》ってでも挨拶に行きたかったけれど、最近は足の神経にも症状が出てきてしまい、正常に歩くことが難しくなってしまった。

「みんなには風邪が長引いてるってことにしてあります。本当のことを言わないままでよかったんですか？」

「うん」

私はバイト先の人たちには病気のことを打ち明けない選択をした。

黙っていることに心苦しさはあるけれど、あのそば屋は私にとって唯一、孤独を感じたことがない場所で。

いつも温かくて優しい人たちばかりが集まるところだったから、悲しい気持ちを置いて去りたくなかった。

「あと、もうひとつ届けものがあります」と、三鶴くんが出してきたのは、私がいつも洗っていたそばの器だった。

それをベッドに取りつけられているサイドテーブルに置き、密閉されていたラップを外すと、病室に甘じょっぱい香りが広がった。

「将之さんと清子さんからです」

それは、私の名前をもじってつけられた満月そば。

まだ店はお正月で休みのはずなのに、わざわざ私のために作って三鶴くんに持たせてくれたのだろう。

「ちなみに看護師さんから出前の許可は取ってます。あ、でも無理に食べなくてもいいですよ。これを見て元気になってくれたらいいなって清子さんたちが……岸さん？」

三鶴くんの問いかけに、こぼれかけた涙を拭いた。

涙なんて今まで流すことなんてなかったのに、人の温かさを覚えたおかげでずいぶん涙腺《るいせん》が弱くなってしまった。

「食べるよ。お箸もらっていい？」

三鶴くんから受け取った割り箸でそばをすすると、口の中が優しい味でいっぱいになって、体がぽかぽかした。

「やっぱりおいしいね」

病院のごはんはあまり食べられないのに、このそばだけは喉に入っていく。

「メニューに加えるそうですよ」

「え？」

「満月そば」

月見そばは前からあるけれど、これは従業員のまかないでしか作られていないものだった。

「呼び方はもちろん〝みづきそば〟にするそうです。きっと人気メニューになりますね」

三鶴くんがニコリと笑った。

そうやって私がいたということが残っていく。

誰とも関わりたくないと今でもひとりでいることを選んでいたら、こんなにうれしい気持ちも知らないままだった。

「将之さんと清子さんにありがとうって伝えてくれる？」

「もちろんです」

これからもそば屋はあの場所にあり続ける。たくさんの人たちにおいしいそばを出して、笑顔があふれる店のままであってほしいと思う。

「三鶴くんもいろいろとありがとう。一緒に働けてよかった」

「いえ、こちらこそ」

私と三鶴くんは友情にも似た握手を交わして、笑顔で別れた。

そして空が暗くなりはじめた頃。再び病室のドアが開いて、バイト終わりの佐原が来てくれた。

「うう、さみぃ」

肩をすぼめながら入ってきた彼の髪には、うっすらと白い雪がのっていた。

「また降ってきたの？」

「うん。駅を出てすぐ」

頭を左右に振って雪を払っている姿が犬みたいでかわいかった。

「今日の体調は？」

「朝ごはんと夕ごはんは残した。でもお昼に三鶴くんが持ってきてくれたそばは全部食べたよ」

「そっか」

私の病室に通うことが日課になっている佐原は、いつものようにベッドの横にある椅子に腰かけた。

「手、赤くなってるよ」

よく見ると彼の手は霜《しも》焼けになっていて、かわいそうなぐらい冷えきっていた。

「ああ、バイト中も軍手とかしてないから」

「ちょっと貸して」

私は佐原の手を取って、自分の両手で包んだ。ずっと室内にいる私と外にいた佐原の体温は全然違っていて、なんとか熱が移るように何度も手をさすった。

「海月の手は温かいな」

佐原がやわらかく微笑んだ。

――『俺の寿命を半分やる。だから死ぬな。俺を置いて死なないで……海月』

あの日。私は彼が泣いた顔をはじめて見た。

佐原は出会った頃から飄々《ひょうひょう》としていて、私のネガティブな感情ごと吹き飛ばしてしまう強さがあった。

でも流れゆく時間の速さも、迫りくる命の期限も、一緒に迎えられるかわからない明日も、佐原は私と同じように怖さを感じていた。

彼の本当の気持ちを知って、不謹慎《ふきんしん》かもしれないけれど、すごく安心したし、うれしかった。

今まで佐原と違うところばかりに目を向けてきたけれど、はじめて一緒だなって思えた。

弱さを隠さない、涙は我慢しない。苦しい時は苦しいと、寂しい時は寂しいと、会いたい時は会いたいと、自分の気持ちをお互い素直に言い合おうと決めた。

だからだろうか。私は今がいちばん佐原との距離を近くに感じている。

「ネックレス、今日もしてくれてるんだ」

チェーンをすくい上げるようにして、彼が私の首元を触った。

「毎日つけてるよ。絶対にはずさない」

ネックレスを握りしめると、離れていても佐原から抱きしめてもらっているみたいな感覚になって、心が落ち着く。

今回の入院で、私はもう自分が退院できないことを悟った。

手術をするわけでもなく、強い薬を体に入れるわけでもなく、気休めにしかならない痛みや吐き気を止める薬しか飲めない。だから外に出ればまた倒れてしまうことはわかっている。

入院中はやることがなくて退屈だけど、一日でも長く生きるために、私はこの病院で最期を迎える決断をした。

「ねえ、水族館に行った時に『俺は海月が溶けた海になるよ』って言ってくれたこと覚えてる？」

あの頃の私は、自分が死んだら跡形もなく溶けて消えてしまいたいと思っていた。

「うん。覚えてるよ」

「私、あの時ね。佐原には一生かなわないんだろうなって思ったの」

「かなわない？」

「佐原はなにを言っても私を離さずにいてくれる。そういう人がいつか現れるんだよって、クラゲが入った小瓶を内緒で飼ってた幼い頃の私に教えてあげたい」

あの時、私は水になってしまったクラゲを道路の片隅に流した。そこに今にも枯れてしまいそうな花が咲いていたからだ。

水をまいたあとの花が新たなつぼみをつけたのか、それともあのまま枯れてしまったのかは確かめていない。

でも少なからず私は跡形もなく消えてしまえるクラゲをうらやましいと思いながらも、きっとどこかでクラゲがいたということを証明したかったんだと思う。

「私はもう体が溶けて海水のように漂いたいなんて思わない。このネックレスの中にいるクラゲみたいに、私は自分が生きた証《あかし》を残したいって、今はそう思うんだ」

こうやって思えるようになったのも、全部全部、佐原のおかげ。

「じゃあ、俺はその姿を最後まで見届けるよ」

私が包んでいたはずの手を、彼が握り返した。

いつの間にか佐原の手から冷たさが消えて、私たちは同じ体温になっていた。

次の日、私は休憩室にいた。

お昼時は混んでいるだろうと予想して時間をずらしたので、今は自販機の飲み物を買いにくる人しかいない。

「今まで連絡を返さないでごめんなさい」

私は今日、ある人を病院に呼んでいた。

「いいんだよ。俺のほうこそ焦るばかりで海月の気持ちを待ってあげられなかった」

私の隣に座っているのは父だった。

父と会うのは、宣告された日以来だ。ずっと電話やメールで心配してくれていたけれど、私は父と向き合うことも避けていた。

「……私、正直今でもお父さんのことをお父さんだって思えてないんだ。一緒にいた記憶も薄いし、お父さんっていう存在がないまま過ごしてきたから」

どういう顔をしたらいいのか、なにをしゃべったらいいのかわからない。でもわからないままじゃ嫌だって思ったから、私は自分から父に連絡した。

「無理もないよ。〝夏美《なつみ》〟と別れたのは海月が幼稚園に通ってる頃だったから」

久しぶりに聞いた母の名前。

父と母と一緒にいた数年があっても、私は家族という形を知らずに育った。私はふたりが仲よくしているところを見たことがないし、おぼろげな記憶では、いつもふたりは視線すら合わせずに生活していたような気がする。

「……お父さんはもしかして、お母さんがどこにいるか知ってる？」

「いや、離婚して連絡がきたのはお前を預けることにしたからと住所を教えてくれた一回だけ。そのあとは連絡先の番号も変えられてた」

「どこに……いると思う？」

「わからない。でも、自分で好きな場所を選んでいるのなら海が見える場所かもしれない」

「海？」

「夏美は海が好きだったから。海月って名前もあいつがつけたんだよ」

……そんなこと、はじめて聞いた。

父に聞きたいことは山ほどある。だけど、今いちばん知りたいことは……。

「お父さんはお母さんのことが好きだった？」

「好きだったから結婚したんだよ」

その言葉を聞いて、胸につかえていたものがストンと落ちていく感覚がした。

ふたりがどのように出会って夫婦になったのかはわからない。でも、想い合っていた時間はたしかに存在していたということ。本当はずっとそれが知りたかった。

「当時の俺は家族を持つっていう責任感がなくて頼りにもならなかったから、早めに愛想をつかされてしまったけど」

きっと父はそういうことも含めて後悔してくれていた。だからこそ今の父はしっかりと地に足をつけているし、こうしてなにも隠さずにすべてを話してくれている。

「海月は本当に夏美によく似てる」

「……顔？」

「それもあるけど、こう言えば相手はこう思うだろうって先に予測してしゃべっているような会話の間合いが、まるで夏美といるみたいに感じるよ」

私は母と暮らしていた時、母がなにを考えているのかちっともわからなかった。

でも今は、少しだけ想像ができる。

母が強いように見えていたのは、弱さを見せられる人がいなかったからだと思う。

だって私がそうだった。

弱さを認めるより、強くいなければいけない理由のほうが多かったから。

「……実はな、ちょっと仕事の関係で地方に移住することが決まりそうなんだ。でもいろいろと考えて断ろうと……」

「ダメだよ」

父はきっと私の病気のことを気にしている。でもたとえ父が遠くにいっても、私はもう置いてきぼりにされたなんて思わない。

「お父さんにはお父さんの人生がある。今はそれだけ責任がある仕事をしてるってことでしょ? 私はそれだけで安心できるから」

それで叶うなら、父の隣に支えてくれる誰かがいてほしいと思う。

「ありがとう、海月」

父が瞳を潤ませて笑った。

よかった。ずっと父には謝られてばかりだったから、笑った顔が見たいと思ってた。

「お父さん。私、今、好きな人がいるんだ。それはずっと前からじゃなくて、病気になってからできた好きな人」

父と離れていた時間はとても長かったけれど、それを埋めるのではなく、今の私のことを話したい。

「お父さんが付き添いを受け入れてくれなかったら、私は自分の病名を知ることはなかった」

知らなかったら、佐原に出会ったあの夜もなかった。

病気になって苦しいことばかりだったけれど、病気になったからわかったことがたくさんある。

「私はこれから先の人生で経験するはずだったこともできずに、周りからはかわいそうだって思われるかもしれないけど……。私には好きな人がいて、ちゃんと恋《こい》をしたってことをお父さんだけは覚えていてね。だから、娘が不幸だったとは思わないでね」

自分の気持ちをしっかり伝えると、父の目から優しい涙が流れた。

「ああ、覚えておく。ずっと一生、忘れないよ」

声を震わせて泣く父の手を、私はそっと握った。

そのあと私たちは時間が許す限り、いろいろな話をした。仕事に戻らなければならないという父をロビーまで見送るために、私は病室に上着を取りにいく。

コートを羽織って休憩室に向かうと、なぜか父は緊張したように椅子から腰を上げていた。どうしたのだろうと、父が見ている方向へと視線をずらすと、もう一方の出入口に私の着替えを持った晴江さんが立っていた。

「ご、ご無沙汰《ぶさた》しております」

「どうしてここへ？」

晴江さんはすぐに私の父親だということがわかったようだった。

「海月と話をするために来ました」

私はとっさに出入口の死角に隠れた。見ているこっちが息をのんでしまうほど、ふたりの間に漂う空気が重い。

ふたりは私がいることに気づいていなかった。周りを気にする余裕さえ、今はないように感じる。

「あの子と連絡を取れる環境にいたんですね」

「自分から一方的に手紙を出しました。海月の連絡先を知ったのは、つい最近のことです」

お父さんは私の立場が悪くならないように、かばってくれているみたいだった。

「今まで海月を育てていただいたのに、長い間なにもせずにいて、本当に申し訳ありませんでした」

父が謝意《しゃい》を示すように、頭を深く下げていた。

晴江さんが父に対してどのような印象を持っていたかはわからない。でもその表情を見る限り、あまりよく思っていなかったことは明らかだ。

「本当はすぐわたしが迎えにこなければならなかったのに、当時は定職にもついていなくてその日暮らしも同然だったもので、その……」

「今、お仕事は？」

「施工《せこう》管理をしています。学があるわけではありませんが、資格も取得して安定した生活ができています」

「そう、ですか」

晴江さんは父の言葉に淡々と返すだけだった。

私と同じように今さらだと思っているのかもしれないし、今まで音沙汰がなかったことにあきれているのかもしれない。

「本当に海月のことを育てていただいて、感謝してもしきれません」

父の声が震えていた。すると、晴江さんが本音を漏らすように静かに言った。

「……実は育てたという感覚は私自身あまりないのです。歩み寄ろうとしてるうちに時間が過ぎてしまい、大きくなってしまったように思います」

気づくと私は唇を噛んでいた。

私も晴江さんと同じ。どういう気持ちで家にいればいいのか迷っている間に、六年という月日が経過していた。

「私も手探りでした。……今もそうです。でも、わかり合いたいと思っています」

そう伝えた晴江さんは、まっすぐに父のことを見た。

「私も間違うことばかりですが、海月のことはお任せください」

ただ過ぎていくだけだった六年間。けれど、その時間の中で芽生えたものはきっとあった。なにもなかったら、こんなにも感情が込み上げてくることはない。

「こちらこそ、よろしくお願いいたします」

父は大粒の涙を流して、いつまでも頭を下げ続けていた。

重苦しい空気の中で、晴江さんのスマホに着信があった。職場からの電話のようだった。そのタイミングで私は休憩室の父に声をかけ、ロビーまで見送りにいった。その間、晴江さんはべつの場所で電話対応をしていたらしく、私は先に病室に戻った。しばらくしてドアが二回ノックされた。部屋に入ってきたのは晴江さんだった。私が先ほどのやり取りを見ていたことを知らない晴江さんは、いつものように着替えの袋をベッドの横に置く。

「持って帰るパジャマはこれでいいのよね？」と、入れ替わりで持ち帰る着替えを整理していた。

晴江さんの様子は私の前ではなにも変わらない。でも『お任せください』と言ってくれた言葉には愛を感じた。私が今まで知らなかったものだ。

「晴江さん、少しお話しできませんか？」

私はそう言ってベッドの横の椅子を指さした。晴江さんはなにも言わずに腰を下ろしてくれた。入院してから毎日のように晴江さんは病室に来てくれるけれど、こうして椅子に座ってくれたのははじめてだ。

「六年間、私をあの家に置いてくださってありがとうございました」

丁寧に頭を下げると、晴江さんは驚いた顔をしていた。私は「言っておかないと後悔すると思ったので」と言葉をつけ加えた。

ずっと話すタイミングをうかがっていたけれど、タイミングは自分でつくるもの。それが、今だと思ったから私はこの瞬間を逃したくない。

「……あなたにとってはつらいだけの日々だったんじゃない？」

晴江さんがぽつりとつぶやいた。

「振り返ればそうかもしれません。でもそれは晴江さんたちになにかをされていたからじゃなくて、自分でつらいと思うほうを選んでいたような気がします」

そうやって冷静に考えられるまで、ずいぶんと時間がかかってしまった。

晴江さんはしばらく黙っていたあと、記憶の糸を手繰《たぐ》り寄せるようにそっと唇を動かした。

「……私、姉さんのことが嫌いだったのよ」

姉さん。つまり私の母のことについて晴江さんは語り始めた。

「昔から姉さんと比べられては、私のほうが成績も運動も劣《おと》っていた。でも褒《ほ》められても姉さんはうれしそうにしない。私は褒められたくてがんばっていたのに、姉さんは私が欲しかったものを手に入れても笑ったりはしない人だった」

そして晴江さんは自分のカバンの中に手を入れた。

そこから手帳を取り出して、ページに挟んであった一枚の写真を見せてくれた。

「でも、あなたを抱いている姉さんの顔は笑っているでしょう？」

写真には母が写っていた。でも、その顔つきはずいぶんと若くて、六年前で止まっている面影とは一致しない。

「……この赤ちゃんって私ですか？」

「そうよ。どこの病院で産んで、どこに住んでいるかも教えてくれなかったけど、出産した報告だけはしてくれてね。その時に送られてきた手紙の中にこの写真が入っていたのよ」

おそるおそる晴江さんの手から写真を受け取った。

母の胸に抱かれている私は安心したように眠っている。

毛質が細くて髪の毛はふわふわしていて、まつ毛も長い。佐原の言っていたとおり耳も口も手も全部小さくて、透き通ったように肌が白い赤ちゃんの頃の私だ。

……お父さんが撮ったのかな。

こんなにもやわらかな表情をした母を、私ははじめて見た。

「こんなことを言えばあなたを傷つけてしまうかもしれないけど、夫婦関係がうまくいってなくて、すぐに離婚することになった姉さんに対して、私は心の中で勝ったって思ったの」

晴江さんが苦しそうに言葉を吐き出した。

「私はちゃんと子育てをして実家にも顔を出して、順風満帆《じゅんぷうまんぱん》な生活を送っていたけれど、姉さんはそうじゃなかったから。はじめて姉さんよりも上にいるような気分になった」

「…………」

「でもこの写真を見るたびに、姉さんは特別だったわけでもなく、あなたの母親としてがんばりたかっただけだったんだって。結婚は失敗してしまったけど、ひとりで育てていくという覚悟も決意もあったと思う。なにも気持ちを言わない人だったけど、姉さんは途中で投げ出すような人じゃなかった」

晴江さんは母に劣等感《れっとうかん》を抱きながらも、誰よりも母のことを理解して気にかけてくれていた。

いつも持ち歩いている手帳に、この写真を挟んでいてくれたのがなによりの証拠だ。

「姉さんにどんな事情があって、どんな変化があって、あなたのことを私に預ける選択をしたのかはわからない。勝手だと今でも思ってるし、言いたいことは山ほどあるけど……。あなたのことを中途半端な気持ちで産んだわけじゃないってことは、この写真からも、姉さんの性格からもわかる」

私を抱く母は、しっかりと〝お母さんの顔〟をしてくれていた。そこにちゃんと愛はあったんだって、わかってよかった。

「本当はあなたが来てすぐ施設に預けようと思ったの。でも姉さんとは姉妹だし、あなたは私の姪だし。きっと姉さんも私に頼りたくはなかったはずなのに、そうしなきゃいけなかった理由があるんだって言い聞かせながら、あなたを六年間見てきたつもりではいる」

晴江さんは以前、私のことをもうひとりの娘だと言っていた。

それは大人の事情が絡んだ建前だったし、今でも私たちは綺麗な関係ではない。

でも、私はたしかにあの家で育ってきたし、こうして十六歳の私としていられるのは、間違いなく母親代わりをしてくれた晴江さんのおかげだと思う。

「あなたにきつくあたったこともあったし、私がいちばん大人げないことをした時もあった。本当にごめんなさい」

頭を下げる晴江さんを見て、全力で首を横に振った。

私はあの家が嫌いだった。私の居場所はここじゃないから、早く出ていくことだけを考えていた。

でも、でも本当は……。

「私、うらやましかったんです」

この気持ちを、感情を、私はずっと認めることができなかった。

「晴江さんや美波や忠彦さんみたいに、ちゃんとつながっていて、ちゃんと切れない家族が……本当は欲しかったんです……」

母に抱かれている自分の写真が涙で濡れていく。

「……海月」

晴江さんが私の名前を呼んだところで、病室のドアが開いた。そこに立っていたのは……。

「み、美波？」

いつからそこにいたのだろう。美波の手にはおいしいと有名なシュークリーム屋の箱が握られていた。

もしかしたら……美波も私と話そうと病院に来てくれていた？

「全部、聞こえてた」

美波が潤んだ瞳で、私の元へとやってくる。

「遅いのよ、本当のことを言うのが」

──本当は家族が欲しかった。

美波は私からこぼれ落ちたその言葉を、ずっと待っていてくれたのかもしれない。

「……ごめん、なさいっ……」

「なんで謝るのよ、バカ」

「……っ」

美波とはすれ違ってばかりだったけれど、姉妹みたいに話せたことがあったはず。

私は気づくのがいつも遅い。

遅すぎたけれど、言ってよかった。話してよかった。

「もう、泣きすぎ」と言いながら美波も泣いていて、晴江さんは同じハンカチで私たちの涙を拭いてくれた。

「化粧がぐちゃぐちゃになってどこにも行けなくなったから、今日はずっとここにいる」

不器用に言う美波に、私はクスリとした。

「うん。いいよ」

私は誰かの迷惑になることが嫌だった。

私は望まれて生まれてきたわけじゃないと思っていたから、せめてあたりさわりがないように影を薄くして過ごしていた。そうすれば、ここにいることを少しは許してもらえる気がしていたからだ。

でもそれは違っていたよ。

人に迷惑をかけないで生きるなんてできるはずがないように、ひとりきりでやってきたつもりでも自分がそう思いたかっただけで、私はいろんな人たちに助けられていたんだ。

私に残された時間は短い。でも今までのことを取り戻すのではなく、今から一緒につくっていけるものが、きっとある。

「じゃあ、シュークリームでも食べましょう。ふたりは紅茶でいい？」

そう言って晴江さんが立ち上がった。

「あ、私、冷たいのがいい。氷入れてね」

「だからすぐにお腹壊すのよ」

「えー関係ないよ」

ふたりのやり取りを微笑ましく見ていると、晴江さんの視線が私に向いた。

「海月は？　温かいのと冷たいのどっちがいい？」

まだ家族と呼ぶには歪だけど、いつか家族の話をした時に私はこの人たちのことを思い浮かべたい。

「じゃあ、私も美波と一緒で冷たいの」

敬語がくずれた瞬間——私の中にあったしこりは、もう綺麗になくなっていた。


それから数日がたって、学校では三学期が始まっていた。私はもちろん行くことはできないけれど、佐原は学校が終わるとすぐに病院まで来てくれる。

私の病室の窓から見える歩道を彼はいつも走ってくる。

それで乱れた髪の毛をそのままに、ノックもしないでドアを開けるのは毎日のことだ。

「よう」

佐原は走ってきたことがバレてないと思っているし、私も言わない。きっとこれからも。

だって、急いでここまで来てくれる彼の姿を、私だけが独り占めできるから。

「寒かったでしょ？」

「平気平気。むしろ今日の体育は外でドッジボールだったから」

「えーそうなの？」

「信じられないよな。グラウンド霜だらけだったし」

黒いマフラーを外しながら、佐原はわざと私の頰を両手で挟んだ。

「冷たい？」

「うん。でもひんやりしてて気持ちいい」

こういうやり取りも最近はいつもしてる気がする。佐原はそのまま椅子に腰かけて、限界までベッドに近づけた。

「そういえば沢木がさ、岸との仲をなんとしても取り持ってくれってうるさくて」

沢木くんって私は話したことがないけれど、佐原といつも一緒にいる友達だし今も同じバイトをしてるから、よく名前は出てくる。

「沢木くんって、美波のことが好きだったの？」

「さあ、顔がタイプなんじゃね？　よくわかんないけど」

彼はあれだけ私に積極的だったのに、人の恋愛にはあまり興味がないようだ。

「でも美波はハイスペックの人じゃないと無理って言ってたよ。年齢は年上でも年下でもいいけど、男は賢くないと将来的にダメだって」

すると、なぜか佐原はうれしそうに口角を上げた。

「そういう話も、岸とするようになったんだ」

美波たちとしっかり話せた日の夜。私は彼に電話でそのことを伝えた。ちゃんと話すべきだと背中を押してくれた佐原がいたから、私は病気のことも自分の気持ちも打ち明けることができた。

あの場にいなかった忠彦さんも今では頻繁に病院に来てくれるし、時間が合う時には四人で話すこともある。

私が絶対に入ることができないと思っていた三人の中が、こんなに優しい場所だったなんて、佐原がいなかったら私は知らないままだった。

「佐原のお母さんは元気？」

「うん。元気すぎて毎朝ガミガミうるさいよ」

「はは」

佐原のお母さんに病気のことは話さないでほしいと伝えてある。

私は彼のお母さんの明るさに何度も救われた。時々、佐原の家で食べた晩ごはんが恋しくなる時があるけれど、今はほとんど点滴を体に入れながらの生活になってしまった。

「ねえ、佐原。ちょっとだけぎゅってして」

甘えたように両手を出すと、彼はうれしそうに体を引き寄せて抱きしめてくれた。

「やっぱり薄いな、海月は」

「佐原はまた筋肉がついた？」

「そう？　最近は商品の組み立てとかもしてるからかな」

「そんなこともするの？」

「うん。なんか期待されてるみたいで、いろいろ教えてもらってる」

「そっか」

佐原はそうやってたくさんのことを覚えながら大人になっていくのだろう。

十七歳、十八歳と高校生活をまっとうして、就職するのか進学するのかはわからないけれど、彼の将来が明るいものであってほしいと思う。

私はその頃にはきっと、きみの隣にはいないけれど。

「なあ、海月」

「……ん？」

佐原がゆっくりと私の体を離した。そして。

「ふたりで遠い場所に行こうか」

彼もわかっている。

ふたりで大人になることができないことも、私のタイムリミットがあとわずかなことも。

覚悟はない。決意もない。

でも私たちは……。

「うん。連れてって」

後悔のない選択をする。それが一緒に過ごしてきた中で見つけた答えだから。

それから担当医の先生や晴江さんたちにお願いして、私は一日だけ外出することになった。それは余命と言われた三カ月を優に過ぎた二月初めのこと。

まともに歩くことが困難になっていたけれど、なんとか今日までに足を慣らして、痛み止めの薬を何種類も出してもらった。

「大丈夫？」

「うん。思ったより足の感覚はあるかな」

お互いに洋服を何枚も重ね着して、私たちは夜のバス停にいた。

頭上には無数の星が浮かんでいて、呼吸をするたびに白い息が空へと溶けていく。

そのうち、ライトのついたバスが私たちの前に停車した。

高速バス・犬吠埼《いぬぼうさき》行き。四列シートの最後尾《さいこうび》に向かい、佐原は私を窓側に座らせてくれた。

直行便で目的地まで約四時間半の旅。

スマホを確認すると、時刻は深夜零時《れいじ》を過ぎていた。

「バス、けっこうすいてるね」

「まあ、時季が時季だからな。たぶんあっちは相当寒いよ」

「平気。お腹と背中にカイロ貼ってあるから」

私がそう言うと佐原はニコリと笑って、カバンから温かい飲み物を取り出した。それは、バス停に着く前にコンビニで買ったふたつのホットレモン。

ひと口飲むと、じわりと甘酸っぱい味が広がって私はクスリと笑った。

「ん？」

そんな私のことを彼は不思議そうに見ていた。

「私もね、このホットレモンが好きでよくコンビニで買ってた。でもあの頃はなにに対しても無関心で、店員に顔を覚えられることさえ嫌だった。そんな私がなんであの日佐原を頼ったんだろうって、ずっと考えてた」

彼との思い出は数えきれないほどある。

学校の非常階段で授業をサボったこと。

図書室で友達になってと言われたこと。

嫌がらせをされた時、本気で怒ってくれたこと。

おいしいケーキ屋で放課後デートをしたこと。

音楽室で一緒にピアノを弾いたこと。

佐原の家でごはんを食べたこと。

水族館に行ったこと。

夜の学校に忍び込んだこと。

クリスマスに素敵なプレゼントをくれてキスをしたこと。

どれもかけがえのない出来事で、ひとつひとつが大切な宝物。

でもその中でいちばん心に残っているのは、やっぱり佐原と過ごしたあの日の夜のこと。

病気を宣告されて、フラフラとさ迷うように雨の中を歩き、きみに出会った。

私はきっとあの夜のことを永遠に忘れることなんてないのだろう。

人のことが嫌いなのに、人を求めて、人の温もりに包まれて抱きしめ合いたかった。

「誰でもよかった。でも、佐原でよかった。佐原が——最初で最後の好きな人でよかった」

私は間違うことのほうが多かったけれど、佐原を好きになったことだけは間違わなかった。

彼は瞳を潤ませながら「俺もだよ」と、優しく言ってくれた。

そのあとの四時間半。バスの中で私たちは肩を寄せ合って、片時もつないだ手を離さなかった。

そして千葉県にある犬吠埼に到着した。空はまだ薄暗くて体感気温は三度くらい。

私たちは事前に調べておいたルートを元に左へと進み、道なりになっている下り坂の道路を突っきると、前方に高くそそり立っている白亜《はくあ》の灯台が見えてきた。

中には展望台があり、九十九里《くじゅうくり》にちなんで九十九段の階段があるらしい。けれど私たちは灯台には向かわずに、潮風の香りが濃い海辺のほうへと足を進めた。

佐原に支えてもらいながら、小石が転がっている浜辺《はまべ》を歩き、ふたりで砂の上に腰を下ろした。

「寒い？」

彼は自分のマフラーを私の首に巻いてくれようとしたけれど、「半分がいい」と、佐原に近づいてひとつのマフラーを一緒に使った。

時刻は、五時四十分。

まだ夜が明けないこの場所になぜ来たかというと、彼が私の言ったことを覚えていたからだ。

――〝朝日がいちばん綺麗な場所になら行ってみたい〟

ここは関東最東端の地であり、どこよりもいちばん早く日の出を迎える場所。

もちろん私のために佐原が調べて、こうしてここまで連れてきてくれた。

日の出まで、あと五分。だんだんと東の空の色が変わりはじめている。

「ねえ、佐原」

私は空を見上げながら問いかけた。

本当は言おうか言わないか迷っていたことがあった。だから、ここに来てから決めようと思った。

「私の脳腫瘍はもしかしたら遺伝性のものかもしれないって先生に言われたの」

これは私しか知らないこと。ずっと自分の中だけでとどめておこうと思っていたけれど、やっぱり佐原には聞いてほしかった。

「十代でこんなにも進行してしまうのはまれだから、可能性はあるって。お父さんは元気だから、もしそうだとしたらお母さんってことになる」

「……」

「遺伝性かもしれないって言われた時、お母さんは私と同じような病気になって、私を捨てたんじゃなくて、育てられなかっただけなんじゃないかって、そんな考えが浮かんだ」

私の脳裏に焼きついているのは、やっぱりどうしたって、頭を抱えていつも眉間《みけん》にシワを寄せていた母の姿だ。

嫌われていると思っていた。私なんていらないんだって思っていた。

でも、もしかしたら、そうじゃなかったのかもしれない。

「真実なんてわからないし、普通に元気に生きてて今頃幸せに暮らしてる可能性もある。でも万が一、億が一そうだったんじゃないかって考えた私はきっと、母に愛されたかったんだと思う」

私が生まれた時の写真のように、優しく微笑んでほしかった。しっかりと記憶できる年齢の頃に、もっともっと愛を感じたかった。

「……会いたい？」

佐原が、優しく聞いてきた。

会いたいか、会いたくないかと聞かれたら、私は会いたい。会って、確かめたいことがたくさんある。

でも、それはもう叶わない。

そして三カ月しか生きられないと言われた私が、一カ月以上も長く息をした二月の中旬。

今までがんばってくれていた心臓が、静かに動きを止めようとしていた。

「……海月っ！」

ベッドの周りには晴江さんや忠彦さん。美波に三鶴くんに父。私のいちばん近くには佐原が駆けつけてくれていた。

みんなから交互に呼ばれる名前が、遠くに聞こえる。

もうすでに全身の感覚がないというのに、手だけは強く握られているのがわかって、この温もりは間違いなく佐原のものだ。

「海月」

彼はやっぱり泣いていたけれど、叫んだり取り乱したりはせずに、ただじっと私のことを見つめてくれていた。

視界が、ぼんやりとしている。

でも、私はみんなの顔を確かめるように視線を向けたあと、佐原に向かって精いっぱいの笑顔を見せた。

それに応えるように、佐原も泣きながら笑った。

私は私がいなくなったあとの世界を知ることはできないけれど、佐原ならきっと見せてくれる。

楽しいことも、うれしいことも、満ちあふれた未来を、きみはまっすぐに歩いてくれるだろう。

もう声が出ない。けれど、握っている手から私の気持ちは伝わっているはず。

ねえ、佐原。

ゆっくり、ゆっくりと大人になっていってね。

これからたくさんの人に出会って、たくさんの人に囲まれて、幸せに過ごしてほしい。

だから、早く会いにきたりしたらダメだよ。

いつかきみの隣で、きみの生きた時間の話をたくさん聞かせてほしい。その日が訪れるまで、長く長く待つから、いっぱい笑って、佐原らしく生きてね。

それが、私の最後の願い。

「海月、ありがとう。またな」

佐原の優しい涙が、頬に落ちてきた瞬間――。

私の十六年間の命の炎は、後悔をひとつも残すことなく、静かに消えた。

それはきみと出会って百日目の、澄《す》んだ青空がまぶしい日だった。

＊＊＊

——桜が舞う春。俺は高校二年生になっていた。

海月が穏やかな顔で天国へと旅立ってから二カ月。新学年を迎えてクラス替えが行われたけれど、あまり顔ぶれに変化はない。

「佐原、おはよう」

沢木とも引き続き、同じクラスになった。

「ほらほら、席に着きなさい！」

唯一、変わったことがあるとすれば担任が女の先生になったことぐらいだ。

あんなにからっ風が吹いていたグラウンドも太陽の日射しを浴びて、中庭には色とりどりの花が咲いている。俺は机に頬杖をつきながら、そんな春の景色を窓際の席で眺めていた。

海月はもう、この世界にはいない。

寂しさは時間とともにやわらいでいくかもしれない。

でも会いたいと恋しく思う気持ちは、きっとこれからも消えることはないと思う。

「ねえ、悠真。今度の週末に親睦会《しんぼくかい》があるらしいんだけど行く？」

「駅前のカラオケだよ。たまにはみんなで遊びにいこうよ」

付き合いが悪くなった俺と距離を置いていたヤツらがまた机に集まってくる。沢木は誘われていないのに行く気満々だし、こういう騒がしい環境もあまり去年とは変わっていない。

海月が病気と闘っていたことを知る人は少ない。

二年生になり、海月が学校にいなくても気づかない生徒はたくさんいるし、中には『冬休み中に転校したらしい』とありもしない噂を流してる人もいる。

でも、それでいいのだと思う。

『大切な人たちの心にいられれば十分』

海月なら、そう言うと思うから。

「兄ちゃん」

学校終わりの帰り道。とぼとぼと歩いていると真新しい制服を着た弟が後ろにいた。

相変わらずゲームばっかりやっているけれど、男として危機感を覚えるぐらい最近の三鶴は成長がすさまじい。身長も一気に三センチくらい伸びているし、制服だってこうして様になっている。

「つか、今さらだけど、なんでお前うちの高校にしたわけ？」

三鶴は新一年生として俺と同じ高校に入学した。

受験勉強なんてまともにしてるそぶりはなかったけれど、焦ってやらなくても偏差《へんさ》値《ち》の高い学校をいくらでも選べるくらいの頭脳は持っていた。

なのに、三鶴は知らない間にうちの高校を第一志望にしていて、推薦《すいせん》入試であっさりと合格した。

「うーん。兄ちゃんと岸さんが一緒に過ごした学校を見てみたかったからかな」

弟はあまり感情的になることはないけれど、海月の死を俺と同じように悲しんでくれていた。

考えてみれば俺と海月が接点を持つ前からふたりは知り合いだったし、三鶴にとっても海月は大切な人だったのだろうと思う。

「ちょっと、男ふたりが並んで歩いてると邪魔なんだけど」

ぶっきらぼうな声が飛んできたと思えば、そこには岸は岸でも美波が不機嫌そうにこっちを見ていた。

自分のクラスが書かれた一覧表を確認した時、真っ先に目に入った名前が岸美波だった。

どういうイタズラか岸とも同じクラスになったけれど、一緒にいるグループが違うから教室で絡むことはあまりない。でもこうして用があれば普通に話すし、俺が声をかけても無視したりはしなくなった。

「っていうか、沢木くんがしつこいんだけど」

岸と同じクラスになれていちばん喜んでいたのは沢木かもしれない。どうやら岸のことをまだあきらめていないらしい。

以前の彼女は男に媚ばかり売っていたイメージがあったけれど、そういう猫かぶりはやめにしたようだ。

前のほうがよかったとガッカリしてるヤツもいれば、沢木みたいにぶれずに追いかけているヤツもいて。岸はしつこい男たちをあしらいながら、とげとげしい性格を隠すことなく学校生活を送っている。

「美波さんって、いい匂いがしますよね」

三鶴は海月の見舞いに何回か行っているうちに岸とも顔見知りになり、いつの間にか美波さん、なんて呼ぶようになっていた。

もちろん病院に通うにつれて、海月の家庭事情もなんとなく察していたようで、海月と岸の関係も知っている。

「なにこの、純粋《じゅんすい》な生き物は」

岸は濁りのない三鶴の瞳が苦手のようだ。

「それに岸さんに似て美人です」

「それを言うなら海月が私に似てる、でしょ」

「どっちにしても綺麗な顔してます」

「……っ。ちょっと、佐原くん！　この生まれたてみたいなあんたの弟をなんとかしてよ！」

三鶴にペースを乱されている岸がなんだか新鮮で。変わっていないことが多いように思える日常も、海月のおかげでやっぱりいろいろなことがいい方向に変わっている。

痛みや悲しみを共に知る者。海月は俺たちに強さも弱さも教えてくれた。

自分の病気と懸命に闘い、家族という今まで逃げてきたことにも向き合い、海月の最後の顔は笑顔だった。

さよならは言いたくなかった。

だから、またなって、次の約束をした。

きっと、彼女にその言葉は届いていた。想いを返すように、俺が握りしめていた手に力をこめてくれたから。

「お腹すいたからなにか食べにいかない？」

海月を探すように空を見上げていた俺に気づいたのだろう。そう言って歩きだしたのは岸だった。

「あ、じゃあ、俺のバイト先に行きましょう！　めちゃくちゃうまいですよ」

「うん。行く行く」

「いや、俺、そば食えねーし」

三鶴は今でも海月が働いていた店でバイトをしている。

年齢を偽《いつわ》らずに堂々とできるようになったからなのか、俺以上にバイト三昧《ざんまい》だけど、ゲームをしてる時よりも三鶴は生き生きしてるような気がする。

「そば以外にも天ぷらとかあるから大丈夫だよ。それに店でいちばん人気のメニュー見てみたいでしょ？」

「なに？」

「満月そば」

その瞬間。やわらかい風が俺の横を通りすぎていった。

──〝私は自分が生きた証を残したいって、今はそう思うんだ〟

いつか海月が言っていたことを思い出す。

大丈夫。ちゃんと残ってるよ。

残っていくよ、俺たちの心にもずっと。

俺は海月と何度も肩を並べた道を、ゆっくりと歩く。

海月のいない世界はやっぱりすごく寂しいけれど、それ以上にきみからもらった愛しさがあふれるほどある。

すれ違ったこともあった。喧嘩したことも、海月の心がわからない日もあった。
夜が長かった。朝が遠かった。
でも今は新しい今日を迎えるたびに、海月が背中を押してくれる。
海月は俺との思い出をひとつ残らず抱えて持っていった。
だから俺はこれからもたくさんの思い出を作っていこうと思っている。
いつか俺も抱えきれないくらいの話を持って、海月に会いにいくから。
海月のぶんまで俺は、果てしない未来を生きるから。
海月はのんびりと、光ある場所で待ってて。

きみと迎えた十年後の朝

あれから十年。

海月のいない朝をいくつ越えただろうか。

——俺は今年、二十七歳になった。

忙しなく行き交う人の波に逆らいながら、俺はショーウインドーの前で足を止める。

ガラスに反射して映るスーツ姿の自分。大学を卒業して広告代理店に就職した俺は今、大型イベント企画《きかく》のチームに入り、会社でデスクワークをするよりも営業回りが多くなった。

高校生の頃、人に頭を下げる仕事だけはやりたくねーなって、ぼんやりと考えていた時期もあったけれど、どうやら俺は自分が思っていた以上にコミュニケーション能力が高かったようで、人と会ったり接したりすることは全然苦ではない。

むしろ今の仕事にやりがいも感じている。

「パパー」

と、聞こえたその時。ピンク色のダッフルコートを着た小さな天使が俺の元へと走ってきた。

「パパに買ってもらったコート着たの。かわいいでしょ?」

「うん。世界でいちばんかわいい」

「へへ」

ひょいっと小さな体を抱き上げると、成長の重さを感じた。

この前までは『あー』とか『うー』としか言わずに床を這っていたっていうのに、今では人混みでも上手に歩けるようになり、口もこんなに達者になった。

「お仕事終わったの？」

「うん。なに食べたい？」

「あのね、ごはんじゃなくて、〝ゆづ〟欲しいものがあるんだけど……」

どこで覚えたのか二歳児なりに自分をかわいく見せる術を知っている。

唇をモゴモゴとさせながら、普段では買ってもらえないお目あてのおもちゃをひとつではなく、いくつもあげている。

「こら、優月《ゆづき》！」

人混みをかき分けるようにして、ショッピング袋を抱えた岸が険しい顔でやってきた。

「勝手に行ったらダメでしょう！」

「ダメじゃないもん。ママの買い物が長いんだもん」

「もー、ああ言えばこう言う」

「ふん」

気が強くて意地っ張りな性格は、おそらく岸家のＤＮＡだろう。ふたりの本気の言い合いが始まると男の俺が入る隙はなくて、ただあたりさわりないようにうなずいてるだけ。

すると、岸の後ろからもうひとりの人物が現れた。

「ごめん。兄ちゃん。遅れちゃって」

それは俺と同じようにスーツを着た三鶴だった。

「いいよ。俺もさっき着いたばっかりだったし」

おそらく三鶴も仕事帰りで、駅前で岸と優月と待ち合わせして合流したけれど、そのまま買い物に付き合わされてたって感じだろう。

「もう、ママなんて嫌い！」

優月が叱《しか》られて半べそをかきはじめたところで、俺はバトンタッチをするように小さな体を三鶴に預けた。

「ほら、本物のパパのところに行け」

欲しいおもちゃがある時にだけ優月は俺のことをパパと呼ぶ。そうすれば俺がなんでも買ってくれることを知っているからだ。

「やだー。しゃはらがいい！」

ペラペラしゃべるくせに、なぜか佐原がいまだにうまく言えない。

まあ、そこも伯父《おじ》としては目に入れても痛くないほどかわいいんだけど。

「もう、兄ちゃんが甘やかすからだよ」

「いいだろ。たまにしか会えないんだから」

そう言い返しながら、俺たちは事前に予約していた創作料理の店に向かった。

キッズスペースが完備されている個室に案内されて、俺たちは四人掛けのテーブルに腰を下ろした。

普段は人見知りが激しいという優月も、生まれた時から顔を見ているおかげかこうして会えば俺にべったりで、食事の時も決まって俺の隣に座る。

「ゆづね、唐揚《からあ》げとチャーハン食べるの」

優月は行儀よく子ども用の椅子に座っていた。母親である岸は離れていると心配でたまらないようで、優月の一挙一動にハラハラしている。

とりあえず飲み物を注文して、俺と三鶴はビール、岸はウーロン茶、優月はカルピスで乾杯《かんぱい》した。

「なんかまだお前らが家族になった実感がないんだけど」

ビールを一気に流し込み、岸と三鶴の顔を交互に見た。

ふたりの馴《な》れ初《そ》めは、はっきりと聞いていない。

高校に入学した当初から三鶴が岸のことを気になっていたことは知っていた。でも岸はなんとなく純粋な三鶴に対して苦手意識があったし、三鶴がどんなにアプローチしてもことごとく交わしていた気がする。

たぶん、そんなふたりが付き合いはじめたのは、岸が高校を卒業したあとのことだと思う。

岸は美容の専門学校に進み、一年遅れで三鶴も大学へと進学。

お互いに勉強が忙しくなったことで距離が離れたけれど、逆に岸が寂しく思うようになり、ようやく両想いになったってとこだろうと俺は勝手に想像している。

それからふたりは順序をしっかりと踏んで結婚。そして二年前に優月が生まれた。

頑固で譲らない性格は岸に似ていて、なんでもスポンジみたいに吸収して賢いところは三鶴にそっくりだ。

「ねえ、しゃはら、しゃはら」

あと、ふいに海月の面影を感じることがある。

本当に本当に、愛らしい存在。

「言っとくけど、お前もしゃはらなんだぞ」

岸が結婚したあとも俺のことを名字で呼んでいることもあり、優月もこうして俺を佐原と呼ぶ。

「えー？」

優月は無邪気にケタケタと笑っていた。

優月がリクエストした唐揚げとチャーハンが運ばれてくると、覚えたての箸で一生懸命食べようとしていて、こうして少しずつ成長していく姿を近くで見守っていけたらと思っている。

「いい人、いないの？」

岸が店内で流れているBGMよりも静かな声で聞いてきた。

「いたらこんなにも人さし指をざっくり切ったりしねーよ」

俺は絆創膏《ばんそうこう》が巻かれている指を見せる。

会社で義務化されている健康診断に引っかかり、自炊《じすい》を決意したばかりだけど、まずは包丁と仲よくなる必要があるみたいだ。

「でも言い寄られないこともないでしょ？」

「……まあな」

職場には料理上手な人もいるし、積極的に声をかけてくれる人もいる。でも心に海月がいる限りは無理だと思う。

相手がっていうよりも、俺がまだ海月のことを想っていたいから。

海月はきっと俺に好きな人ができても怒らない。むしろ俺がひとりでいることのほうが心配かもしれない。

周りはどんどん結婚して家族も増えていく。

俺と同じで独身だった沢木も、先月に職場の同僚《どうりょう》の人と籍を入れた。

みんな幸せになっていく中で、自分だけが置いてきぼりという感覚は、実はなかったりする。

結婚も幸せの形。でも、まだ海月のことを好きでいることも、俺は幸せの形だと思っている。

「寂しくなったらいつでもうちにおいでよ。兄ちゃんの部屋もあるし」

酒の弱い三鶴はビール一杯で真っ赤になっていた。

「夢のマイホームを弟に先越された俺のプライドをえぐる気か」と、冗談交じりに返しながら、三鶴のことはすげえがんばってるなって尊敬してるし、岸と結婚したことも優月が生まれたことも、本当に心の底からうれしかった。

この十年の間で、いろいろなことが変わった。

こうして酒を飲むことも覚えて、仕事をする大変さもやりがいも感じて、母さんや親父にも感謝できるようになった。

高校生の頃、なんとなく思い描《えが》いていた未来に俺はいる。

高校を卒業して短大に通いながら物流センターでのバイトを続けて、センター長からは『正社員にならないか』と誘われていた。

でも俺はそれを断り、今はすぐに靴がすり減ってしまうほど営業であちこち走り回っている。

なにかを深く考えているようで、実はなんとかなるという考え方は変わってない。

今の会社に就職したのもわりと行きあたりばったりだったし、十年後のさらなる未来の姿なんて俺は全然想像できない。

二十七にもなって、そんなことを言っていたらダメなんだろうけど、俺はこの先も自分が決めた道を進んでいこうと思っている。

病気と懸命に闘い、笑顔で自分らしく最後を迎えた海月のように。


「佐原くん、ごちそうさま」

食事を終えた俺たちは、優月が眠くなる前に店を出た。

「おごってもらってよかったの？」

「兄貴の甲斐性《かいしょう》だよ」

「ありがとう、兄ちゃん」

駅に向かって歩きだすと、夜空に丸い月が浮かんでいた。

俺は今でも海月と過ごした日々のことを夢に見る。

──『逃げてもいいんだよ』

海月の病気を知ったあと、本当は朝が来るのが怖かった。

海月がいない朝を迎えるのが怖くて、眠れない日もあった。

でも、今でも変わらずにある強い気持ち。

それは、海月を好きになったことに、後悔はないということだ。

なあ、海月。

そっちはどう？　元気にやってる？

俺はたまにズル休みしたいぐらい仕事が忙しい時もあるけれど、残念なことに風邪ひとつ引かない。

あと十年。二十年。三十年。いや、もっともっと長い間こっちにいると思う。

だから……。


「しゃはら、手つないで帰ろう」

海月と同じ顔で笑う優月が俺の手を握った。

「うん。帰ろう」

だから、いくつもの朝を数えながら。

大切な人たちのそばに寄り添いながら。
海月にまた会える日まで、俺らしく生きていこうと思う。

《END》

あとがき

このたびは『100日間、あふれるほどの「好き」を教えてくれたきみへ』をお手に取ってくださり、ありがとうございます。

作者の永良サチと申します。

本作は約四年前に単行本として出版された作品です。

今日に至るまで途切れることなく感想をいただきまして、私自身もずっとこの物語に励まされてきました。

海月の生き方、佐原の一途さに心を打たれ、ふたりの恋に涙してくださった読者さまがいたからこそ、こうして文庫化という機会に恵まれました。

私は小説を書く時にセリフやモノローグを先に考えることが多いのですが、この作品はとくに好きな言葉がたくさんあります。

すべてを抜粋することはできないので、ひとつだけ。

これからは始まりの朝を数えよう。

私がいなくなった世界でも、大切な人たちを照らしてくれるように。

この言葉こそ海月が佐原という光に出逢い、最後に見つけた答えなのではないかと思います。

少しページ数は多めですが、持ち運びしやすい大きさになりましたので、是非とも色々な場所で読んでいただけたら幸せです。

また、ここからは少しネタバレが入ります。

あとがきから読まれる方は注意してくださいね！

実は本編には『３６５日間、あふれるほどの「好き」を教えてくれたのはきみだった』という続編があります。

主人公は美波と三鶴です。そちらは海月亡きあとの物語を描いていて、佐原は高校三年生になっています。

美波と三鶴の恋模様はもちろんのこと、佐原の未来の様子も書き下ろしていますので、ご縁がありましたらこちらも合わせて読んでいただけたら嬉しいです！

最後になりますが、単行本に引き続き素敵なイラストを描いてくださったピスタ先生。

本作を出版するにあたってご協力してくださった方々。

そして、いつも応援してくださる読者の皆さま。
海月と佐原の物語に携わってくださったすべての方に心から感謝申し上げます。
またべつの作品であなたに出逢えますように。

二〇二三年　五月二十八日　永良サチ

この物語はフィクションです。実在の人物、団体等とは一切関係がありません。

本作は二〇一九年六月に小社・単行本『１００日間、あふれるほどの「好き」を教えてくれたきみへ』として刊行されたものに、一部加筆・修正したものです。

永良サチ先生へのファンレターのあて先
〒104-0031　東京都中央区京橋1-3-1　八重洲口大栄ビル7F
スターツ出版（株）書籍編集部 気付
永良サチ先生

100日間、あふれるほどの
「好き」を教えてくれたきみへ

2023年5月28日　初版第1刷発行
2023年12月11日　　　第2刷発行

著　者　永良サチ　

発行人　菊地修一
デザイン　カバー　齋藤知恵子
フォーマット　西村弘美
D T P　株式会社 光邦
発行所　スターツ出版株式会社
〒104-0031
東京都中央区京橋1-3-1　八重洲口大栄ビル7F
出版マーケティンググループ　TEL 03-6202-0386
（ご注文等に関するお問い合わせ）
URL　http://starts-pub.jp/
印刷所　大日本印刷株式会社

Printed in Japan

ISBN　978-4-8137-1434-7　C0193